― 書き下ろし長編官能小説 ―

リモート人妻の誘惑

九坂久太郎

竹書房ラブロマン文庫

目次

この作品は、竹書房ラブロマン文庫のために
書き下ろされたものです。

第一章　リモートＨじゃ満たされなくて

1

『え……今、ここで、オナニーを見せ合うの？』

そんな声がガラス戸越しに聞こえてきて、八代祐助《やしろゆうすけ》はギョッとし、口に含《ふく》んでいたアイスクリームを吹き出しそうになった。

（オ……オナニーだってぇ……!?）

祐助は、アパート〝メゾンことり〟に住む二十歳の大学生である。今は同じアパートの隣人である渋谷夕美《しぶやゆみ》に招かれ、彼女の部屋にお邪魔していた。

夕美は、自らのスマホにウェブ会議ツールのアプリをダウンロードしたのだが、その使い方がよくわからないというのだった。

「私、機械音痴なのよ。夫がね、マイクのついたヘッドホンをわざわざ買って送ってくれたのだけど、それをスマホに繋《つな》げる方法もどうしたらいいのか……。祐助くん、そういうの詳《くわ》しいかしら？」

夕美の夫はテレビ局の技術系職員で、現在は地方局に単身赴任中。その夫とビデオ通話がしたいのに、スマホの準備に手間取って、彼女は困っていた。

祐助もウェブ会議ツールのアプリを使ったことはなかったが、ネットで使い方を調べたら、それほど難しいことではなかった。スマホとヘッドホンの接続の方は、調べるまでもなく知っていたので、ささっとペアリングしてあげた。

ビデオ通話の準備が整うと、夕美はいたく喜び、一個三百円もするミニカップの高級アイスクリームをご馳走してくれた。そして、祐助がダイニングキッチンでそれを頂いているとき、夕美はリビングで夫とビデオ通話を始めたのである。

夫婦の会話を盗み聞きするつもりはなく、食べ終わったらそっと自室に帰るつもりだった祐助だが、

（夕美さん、間違いなくオナニーって言ったよな……）

ダイニングキッチンとリビングの間には磨《す》りガラスの引き戸があり、今はぴったりと閉まっている。その向こうから、『やだ……本気なの？』『……もう、しょうがない

わねぇ』という声が微《かす》かに漏《も》れてきた。

不躾《ぶしつけ》なのは重々承知だが、祐助は聞き耳を立てずにはいられなくなる。

唾《つば》を飲み、息を殺して耳を澄ましていると、夕美がリビングのソファーでなにやら身じろぎをしているような音が聞こえてきた。

ただの物音のようでありながら、妙に妖しくも感じられる。期待を膨《ふく》らませて祐助がさらに待ち続けると——

『あっ……くふぅん』

とうとう艶《なま》めかしい声が聞こえた。人妻の媚声《びせい》だ。

祐助はアイスクリームのカップとスプーンをテーブルに置き、そーっと席を立ってから、床を這うようにガラス戸へ近づいていく。

いくら目を凝《こ》らしても、磨りガラス越しの夕美の姿は大きくぼやけていた。いけないことだとわかっていても我慢できず、両開きの引き戸の取っ手に指を引っ掛け、ゆっくりと力を込める。

一センチ余りの隙間を空けた。木のレールが擦《こす》れて、ちょっとだけ音がしてしまったが、ヘッドホンのおかげか、彼女は気づかなかったようだ。

ドキドキしながら隙間から覗き込むと——案の定、夕美はオナニーをしていた。

ソファーの背もたれに頭ごと身を預け、大股を広げて、両手で自らの股間をいじっていたのである。

スカートは脱いで、ソファーの隅《すみ》にたたんであった。その上には、パンティらしきベージュの布も載せられている。

祐助から見て、夕美はちょうど真横を向いて座っていた。肘掛けのないソファーなので、剝《む》き出しになった太腿《ふともも》や、豊かな女尻がはっきりと見て取れた。

（おお……女の人のオナニーだ）

エロ動画などではない、初めて直《じか》に見た女の自慰に、祐助の目は釘付けとなる。

夕美は小学六年生の娘がおり、前に聞いた話では、今年で四十歳になったそうだ。だが、その身体にくたびれた様子は少しもなく、むしろ熟《う》れた女の色気が溢《あふ》れんばかりである。

また、いつもおっとりとした優しい雰囲気の人なので、一生懸命お願いすれば一回くらいやらせてくれそうな感じがして、それがまた男心をときめかせた。

そんな彼女のはしたない姿と喘《あえ》ぎ声により、祐助の陰茎は、たちまちズボンの中でムクムクと体積を増していく。

リビングのソファーの前にはローテーブルがあり、そこにスタンドを使ってスマホが立ててあった。カメラの向こうの夫を悦《よろこ》ばせるためか、夕美はカットソーの裾を大きくめくって、さらにブラジャーもデコルテまでずらしている。露《あら》わになった双乳が、彼女が身をくねらすたびにユサユサと揺れ動いた。

（ああ、やっぱり大きいなぁ。何カップだろう。Ｅか……いや、Ｆかな）

部屋が隣同士なので、夕美とはよく顔を合わせることがあり、そのときには、ついつい目が行ってしまう大きな膨らみである。

美熟女《びじゅくじょ》の生巨乳をじっと見据え、祐助はたまらずズボンの盛り上がりを撫で回す。

年上好みの性分である祐助は、これまで彼女の裸を脳裏に描いては、幾度もズリネタにしたものである。想像することしか許されなかった人妻の乳房をついに目にした今、高ぶる衝動を抑《おさ》えることが難しかった。フル勃起《ぼっき》を遂《と》げ、すでに先端から先走り汁を滲《にじ》ませているペニスを今すぐしごき立てたかった。

そんな祐助をさらに煽《あお》るように、夕美のオナニーはますます激しくなっていく。

軽くウエーブのかかったセミロングのヘアが、悩ましげに彼女が首を振るたび、デコルテを撫でるように左右に振り乱れる。

「はぁん、いいわぁ……あう、ん、ん、ふううっ」

祐助の位置からでは、残念ながら彼女が己《おのれ》の陰部をどのようにいじくっているのかまでは観察できなかった。

が、荒々しく、小刻みに動く右腕や、ヌチュヌチュと鳴り響く淫《みだ》らな水音のおかげで、膣穴がズボズボとほじくり返されている様《さま》が容易に想像できた。指は、きっと一本ではない。二本挿入されているに違いない。

「あぁ、ううん……ええ、私も気持ちいいわよ。ほら、見えるぅ？　オマ×コが……ふふっ、もうドロドロでしょう？」

夕美は左手を股間から乳房へ移し、指にまとわりついたぬめりを塗《ぬ》りつけるように自らの乳首を転がす。

「んんっ……ふうぅん……そうよぉ、もう乳首もコリコリに……あ、あぁん」

ヘッドホンから伸びたマイクで淫らな会話をしつつ、夕美は悩ましく眉をたわめ、ヒクヒクッと女体を震わせた。ムッチリとした太腿が、先ほどから発作のように細かな痙攣《けいれん》を繰り返している。

祐助はズボン越しにゴシゴシと屹立《きつりつ》を擦りながら、リモートによる夫婦の営みを観察し続けた。美熟女のあられもない姿と声を、一生ものの夜のオカズとして網膜と鼓膜に焼きつけんとする。

ＡＶなどでは得られぬ臨場感。それによって高まり続ける興奮。下手《へた》をすれば、今この場で精を漏らしてしまいそうだった。

だが、そうなる前に、事態は急変する。

「え……もうイキそうなの？　待って、私も……私もイクからぁ」

夕美はそう言うと、乳房を揉《も》みほぐしていた左手を再び股間に潜り込ませた。

「あはぁん、ク、クリッ……ね、私、私も……オマ×コと、クリトリスで、すぐだからっ……一緒に、うぅ、ううん……もう少しだけ、我慢してぇ」

察するに、旦那の方だけ先に果ててしまいそうなのだろう。

夕美は指マンを励まし、旦那の絶頂に追いつこうとしている。が、

「駄目なの？　えっ……も、もうイッちゃってる？　ああん、もう……じゃあ、私がイクまで見ててぇ……え、宅配便が来た？　あ、ちょっとぉ……！」

夕美はスマホに向かって、待ってとばかりに片手を伸ばす――。

やがて不機嫌そうに顔をしかめ、ヘッドホンを外して乱暴に放り投げた。

「自分がすっきりしたら、私のことなんてお構いなしなんだから……もうっ」

どうやら旦那の方からビデオ通話を切られてしまったようである。夕美はすっくと立ち上がり、苛々《いらいら》した様子で乱れた衣服を整えだす。

（……終わっちゃったのか？）

呆気《あっけ》ない幕切れに、祐助も不満を覚えた。

しかし、ぐずぐずしている暇はない。音を立てないようにガラス戸を閉じ、慌てて席に戻ると、溶けて軟らかくなってしまったアイスクリームを急いで掻《か》き込んだ。と、ガラス戸が開く。夕美はじっと祐助を見つめると、静かに近づいてきた。

「祐助くん」

「は、はい」

「……見ていたでしょう？」

「えっ……な、なにをですか？」

ドキドキと心臓が破裂しそうになる。祐助は最後のアイスクリームをスプーンにすくった状態で、蛇に睨《にら》まれた蛙の如く動けなくなった。

「あら、とぼけるのねぇ」

夕美は妖しく微笑《ほほえ》んで手を伸ばす。

彼女の手が、祐助の股間にギュッと押し当てられた。

「あうっ」

「ほうら、カッチカチじゃない。これでも覗いてなかったって言うのかしらぁ？」

柔らかな女の掌《てのひら》が往復し、パンパンに張り詰めた股間をさすってくる。

初めて他人から施《ほどこ》された摩擦愛撫《まさつあいぶ》の感触は、ズボン越しでもたまらないものがあった。祐助は膝を震わせ、息を詰まらせながら、それでもしらを切ろうと試みる。

「そ、それは、その……エッチな声が聞こえてきたから……！」

「私のオナニーの声が聞こえたから？　それだけでこんなになっちゃったって言うの？　ふぅん……まあ、どっちでもいいわ」

夕美はニヤリとし、祐助のズボンのファスナーを下ろしていった。

「あ、ちょっ……夕美さんっ？」

「私のせいでオチ×ポがこんなになっちゃったのよね？　だから、責任持って私が鎮《しず》めてあげるわ。それとも自分の部屋に戻って、一人でシコシコする方がいい？」

小首を傾《かし》げ、どうなの？　と、夕美が顔を覗き込んでくる。

まぶたの重たそうな、とろんとした感じの目元だが、その瞳の中では情火が燃え盛り、爛々《らんらん》と輝いていた。

その視線の圧《あつ》に押され、祐助は一瞬口籠《くちご》もる。

だが、考えるまでもなかった。せっかくの申し出を断るなど馬鹿げている。

無論、人妻と淫らな行為に及べば、後々面倒なことになるかもしれない。それでも、今までガールフレンドの一人もいなかった祐助が、こんなチャンスを捨てることなどできなかった。

「いえ、あの……お、お願いしますっ」

夕美は満足げに微笑む。「そうでしょう。うふふっ、じゃあ立って」

言われるままに椅子から立ち上がると、彼女は祐助の前にひざまずいた。そしてズボンのボタンを外し、ずり下ろして、祐助の両脚から手早く引き抜く。

露わになったボクサーパンツは、ペニスの形がわかってしまいそうなほど膨らみ、張り詰めていた。そしてその頂点に、直径五センチほどの円状の恥ずかしい染みがありありと浮き出ている。

夕美の指先が、染みの中心をそっと撫でた。

「あらあら、生地の外までヌルヌルが浸《し》み出しちゃっているじゃない。これ、先走り汁よねぇ？　こんなに出ちゃうものなの？」

「いや、これは……ハハハ」

自分の手でズボンの上から摩擦したせいだとは言えず、祐助は笑って誤魔化す。

「こんなに濡れていたら気持ち悪いでしょう。今、脱がせてあげるわ。……ああん、オチ×ポ大きいっ」

夕美がボクサーパンツをずり下ろすと、ウエスト部分に引っ掛かった亀頭が外れるや、バネ仕掛けのオモチャのように勢いよく若勃起が飛び出した。

その大きさに、祐助自身も驚きを禁じ得ない。ざっと十八センチ近くあるだろうか。野太い血管を浮かべ、セキレイの尾のように脈動している。

以前から大きい方だと自負していたが、ここまで膨らんだのは初めてだった。ジンジンと鈍い痛みを覚えるくらいに充血している。今から夕美がしてくれることへの期待が、すべてこの肉筒の中に詰め込まれているみたいだ。

剛直に、夕美の右手が伸びる。指先が、触れる。

女の手は仄《ほの》かにひんやりとしていて、思わず肉棒がピクッと震える。

「凄く硬い……。それに熱いわぁ。火傷《やけど》しちゃいそうよ」

柔らかな掌がペニスを包み、感触を確かめるように、ギュッ、ギュッと握り込んできた。

それだけで痺《しび》れるような快感が込み上げ、祐助は息を呑んだ。手筒が緩《ゆる》やかに竿を擦ると、すぐさまカウパー腺液が溢れ、鈴口《すずぐち》で玉になる。

「あっ……く、くうっ」

「うふふっ、感じやすいのねぇ。やっぱり若いからかしら」

夕美は肉棒に鼻先を寄せ、スーッと息を吸い込んだ。

半ばまぶたを落とした瞳が、ますますとろんとなる。

「男の子の匂い……はぁ……とっても濃いけど、いいわぁ、たまらない」

膝に引っ掛かったままだったボクサーパンツを取り去ると、夕美は淫蕩《いんとう》な笑みを浮かべて舌を伸ばし、ペニスの先割れに膨らんだ水玉をペロッと舐《な》めた。

改めて竿の根元を握り、敏感な亀頭粘膜を、雁《かり》のくびれを、ソフトクリームを舐め取るようにして、生温かい舌肉で撫でつけていく。

(夕美さんが、僕のチ×ポを舐めてる。フェラチオだ……！)

初めて体験した舌の感触。オナニーとは比較にならぬ快美感に、祐助は何度も腰をひくつかせた。舐められた部分が途端《とたん》にカーッと熱くなり、女の唾液《だえき》には媚薬のようなものが混ざっているのでは？　とさえ思えてくる。

くすぐったさを伴《ともな》う愉悦《ゆえつ》の後、唾液が徐々に乾いてくると、今度はむず痒いような感覚に襲われた。そこをまたねろりと舌で擦られれば、先ほど以上の快感がペニスを駆け抜ける。

(ああ、たまらない。ゾクゾクするっ)

と、そのとき——子供たちの甲高《かんだか》い声がアパートの前を駆け抜けていった。

祐助は一瞬にして冷静さを取り戻す。ダイニングキッチンの壁に掛けられている時計を見ると、時刻は午後三時のおよそ十分前。

九月下旬の今日、大学生の祐助は今月いっぱいまで夏休みだが、小中高の子供たちはとっくに二学期が始まっているのだ。

「ゆ、夕美さん、そろそろ結衣《ゆい》ちゃんが帰ってくるんじゃ……!?」

夕美には、結衣という小学生の娘がいる。その子が今にも帰ってくるのではと、祐助は不安に駆られた。しかし夕美は平然としていて、肉棒に手コキを施しながら「大丈夫よぉ」と答える。

「さっきのは五時間目で授業が終わった低学年の子たちだわ。結衣は六年生で、六時間目まであるから、まだ帰ってこないわよ」

しかも結衣は、決まって友達とたっぷりおしゃべりしてから帰ってくるという。午後四時半より前に帰ってくることはまずないそうだ。

そう説明しながら夕美は、唾液でヌルヌルになった雁首に指の輪っかを往復させ続ける。くびれや亀頭冠がなめらかに擦られ、一瞬萎《な》えそうになったペニスはすぐさまフル勃起を取り戻した。

「そ、そうですか……それなら……お、おううっ」

祐助は安心すると同時に射精感を高めていく。

「ふふっ、時間はたっぷりあるけど、イキたくなったらいつでもイッていいのよぉ」

夕美は淫靡《いんび》に微笑み、ペニスに顔を寄せた。

はしたないほどに朱唇を大きく広げ——パクッと肉棒を咥《くわ》え込む。まるで蛇が獲物を呑み込むみたいに、ゆっくりと巨根を口内へ収めていく。

(夕美さんの口の中、あったかい。それに舌が、ああっ)

彼女の手が肉棒を握り、付け根に向かってギュッと引っ張っていた。そしてピンと張り詰めた裏筋に、ぬめる舌粘膜が身を擦《す》り寄せるように絡《から》みついてくる。

「ああっ……くっ……そ、そんなに舌を動かされたら……ううっ」

快美感に翻弄《ほんろう》される祐助。その顔を、彼女はじっと見上げていた。

目が合って、恥ずかしさに頬《ほお》が熱くなる。そんな祐助に対し、夕美はいかにも好色そうな笑みを浮かべ、さらに深くイチモツを咥え込んでいく。

ペニスの先割れから失禁の如く漏れ続ける先走り汁。祐助が奥歯を噛《か》んで耐えていると、やがて肉棒の三分の一を越えたところで、亀頭が喉《のど》の奥に当たったようだ。夕美は眉根を寄せてウウッと呻《うめ》き、いったんペニスを吐き出す。

「ふうっ……こんなに長くて太いオチ×ポは初めてだわぁ。半分も咥えられないし、それに顎が外れちゃいそうよ」

そう言いながらも、夕美はとても嬉しそうだった。すぐさま巨砲を咥え直し、朱唇を固く結んで、チュパチュパとしゃぶり始める。

己の性器が女の口内に出たり入ったりする様は、なんとも男の劣情を煽った。

彼女の下唇のそばには小さなほくろがあり、今日ほどそれが艶《なま》めかしく見えたことはなかった。まばたきも忘れて眺め続け、官能と興奮を高ぶらせていく。

さすがは人妻というべきか、夕美の口唇愛撫は実にこなれていた。首の振り方には淀みがなく、蠢《うごめ》く舌は絶えずペニスの急所を擦り立てている。

そのうえ、固く持ち上がった陰嚢を左の掌で包み、モミモミと優しくマッサージしてきた。五本の指を器用に使って、二つの玉を巧みに転がす。

「くっ……ううっ……夕美さん……僕、もう……っ」

みるみる射精感が高まり、祐助の腰が勝手に前に迫《せ》り出していった。

「うむっ、ちゅぶっ、んっ、んっ……じゅぶっ、ちゅぶぶっ！」

夕美はもはや肉棒を吐き出そうとはせず、頭を上下させ続けながら、ただ上目遣いで答える。その目が語る。

いいわよ、そのまま出しちゃいなさい——と。

そして夕美は、空いていた右手をペニスの根元に絡め、ラストスパートとばかりに指の輪っかでしごき立てた。幹を伝ってきた唾液のおかげで、スムーズにして苛烈《かれつ》な摩擦がとどめの肉悦をもたらす。

「あ、あっ、駄目です。でっ……出るウッ‼」

腰が跳ね、膝が震えて、危うく倒れそうになった。かつてない快感を味わいながら、大量の樹液を放出する。

自分でも驚くほど、射精は長く続いた。何度も何度も注《そそ》ぎ込んでしまったザーメンを、彼女はすべて口内に受け止め、一滴《いってき》もこぼそうとはしなかった。

やがて夕美は美貌をうっとりと蕩《とろ》けさせ、コクッ、コクッと喉を鳴らす。

(飲んでいる、僕の精液を……⁉)

まさか飲精までしてくれるとは思っておらず、祐助は啞然《あぜん》とした。

すべて飲み干した夕美は、ようやく肉棒を吐き出すが、最後に鈴口に吸いつくと、ペニスの根本から丹念にしごき上げ、頰を窪ませ、尿道内の残り汁まで余すことなく吸い取った。

射精直後のペニスの敏感さに祐助は呻く。そして、これほどまで精液を求める人妻の貪欲《どんよく》さに打ち震えた。

夕美は、朱唇にへばりついた白濁《はくだく》のしずくをペロッと舐め取り、

「ふぅ……凄い量だったわ。やっぱり若い子は違うわねぇ」

と言って、にっこりと微笑む。

その瞳には、未だ情火の光が宿っていた。若牡《わかおす》のエキスをたっぷりと飲んだせいか、よりいっそうギラギラと妖しい輝きを放って――。

2

「若いんだから……もちろん、まだできるわよね？」

ひざまずいたまま媚《こ》びるように首を傾げ、夕美が尋ねてきた。

やりたい盛りの祐助は、毎日欠かさずにオナニーをしている。良いオカズが手に入ったときなどは、一日に二回、三回の射精も珍しくなかった。

今、彼女の手の中でペニスは、大量射精のせいで少々力感を失っている。が、まだ芯は残っていた。刺激を与えてやれば、すぐに勢いを取り戻すだろう。

「え、ええ、まあ……」と、祐助は小さく頷《うなず》く。

すると夕美は「良かったわ」と言って立ち上がった。祐助との距離はとても近く、熟れ肌から立ち上るミルク臭が、祐助の鼻腔《びくう》へ流れ込んでくる。彼女の甘い吐息に、ザーメンの青臭さが仄かに混ざっているのも感じ取れた。

その美貌を間近に眺め、下まぶたの膨らみ――ぷっくりした涙袋の色っぽさに、祐助は改めて見とれた。夕美も祐助を見つめ、

「さっきも言ったけれど、私ね、オナニーをしていたのよ。夫が、どうしても一緒にしたいって言うから」

「は、はあ……」

「でも、イケなかったのよ。中途半端なオナニーのせいで、オマ×コが今もウズウズしてたまらないの。ねぇ祐助くん……助けてくれないかしら？」

淫らな四文字を躊躇《ためら》うことなく口にする熟れ人妻。

祐助の方が恥ずかしくなり、うつむきながらボソボソと尋ねた。

「助けるって、つまり……セ……セックスするってこと、ですか？」

夕美は答えなかった。ただ微笑み、おもむろに服を脱ぎ始める。

タイトスカートを下ろしてムッチリした太腿を露わにし、カットソーも脱いで下着姿となった。脂《あぶら》の乗りきった女体は、どこもかしこもふっくらと柔らかそうだった。

ウエストもそれなりに肉づき、くびれは少々緩やかだったが、ボリュームたっぷりの腰や尻のおかげで、充分すぎるほどの女らしい曲線美を誇っている。

（ああ、凄い。夕美さんの身体、なんて魅力的で……なんてエロいんだ）

我を忘れて凝視していると、夕美は恥じらうどころか、嬉しそうに、淫靡に唇の端を吊り上げた。そして彼女はブラジャーを外す。

丸々とした二つの膨らみ、推定Fカップの巨乳が露わとなり、祐助の目を奪った。

（おお、オッパイ、オッパイ……！）

四十歳にしては形はさほど崩れておらず、肉房は綺麗《きれい》なカーブを描いている。

ただ乳首は、妊娠と出産の影響か、やや濃いめの褐色だった。しかし、それがまた熟妻の乳房を官能的に彩《いろど》っていて、年上好みの祐助の欲情をそそる。

「うふふっ、そんなに見ちゃって……やっぱり男の子はオッパイが大好きなのねぇ」

満足そうな顔で、夕美は祐助の両手をつかんだ。

「え……？　あっ」

ふくよかな双乳に、祐助の両手が導かれる。ムニュッと、想像以上の柔らかさが掌いっぱいに伝わった。

祐助はおずおずと肉房を鷲づかみにする。手に余るほどの豊かな膨らみを、すくい上げるようにして、下乳をなんとか掌に収め、そっと揉み込んでいく。

（こんなに柔らかいんだ。オッパイって、凄いな……）

指が、たやすく乳肉に食い込んだ。軽く力を込めただけで、肉房は呆気なく形を変えていく。空気を揉んでいるような錯覚すら覚えた。だが、掌にのしかかってくる確かな重みが、巨乳の存在感を如実《にょじつ》に表している。

柔乳の感触を堪能《たんのう》した祐助は、いよいよ乳首に触れてみた。指の腹で、突起の頂点を軽く撫で上げると、夕美は「あん」と媚声を漏らし、微かに身を震わせた。

咎《とが》められなかったのをいいことに、祐助はさらに指で突いて、こねて、ボタンのように押し込む。すると、乳首はみるみる硬くしこっていった。

親指と人差し指でキュッとつまむと、夕美は悩ましげに腰をくねらせた。

「あっ、あぅん……やっぱり自分でするより、誰かにいじってもらった方がずっと気持ちいいわぁ」

夕美は、祐助の頭に両手を回し、そっと引き寄せた。

「ねぇ、指だけじゃなくて……舐めたり、吸ったりして」

祐助の鼻先に、充血してツンと尖った乳首が突き出される。

甘ったるいミルク臭に混じって、仄かな汗の香りが感じられた。不思議と食欲をそそるその匂いは、乳首の辺りから漂《ただよ》っていた。

（美味《おい》しそう……）

赤ん坊の如くオッパイを吸うことに恥ずかしさを覚えつつも、祐助は欲情に従って乳首を咥える。微かな塩味を感じながら舌で上下に舐め転がし、唇を窄《すぼ》めてはチュッチュッと吸い立てた。

「うふふっ、オッパイ吸ってる男の子って、可愛いわぁ」

慈愛に満ちた掌が、祐助の後頭部を優しく愛撫する。

「もっと、もっと強く……うぅん、噛んだりしてもいいのよ……あ、ああん、そう、そうよぉ」

夕美の吐息が乱れ、乳肌から立ち上る香りがやや濃くなったような気がした。

祐助は反対側の乳首にも同じように吸いつき、甘噛みを施した。

「あううん、上手《じょうず》よ、祐助くん……んふうぅ」

夕美は、祐助の髪をくしゃくしゃに掻き乱しながら悶えていたが、不意に身を引いて、祐助の口愛撫を中断させる。

蕩けた瞳をしっとりと潤《うる》ませて、彼女は熱っぽく見つめてきた。

「はぁ……私、もう我慢できないわ。セックスしましょう。ねぇ、セックスぅ」

祐助の心臓がひときわ高鳴る。彼女いない歴二十年の自分に、美しき熟女の方から肉の交わりを求めているのだ。夢じゃなかろうかと思った。

ただ、不安がないわけではない。なんといっても相手は人妻。セックスをすれば不倫である。もしも彼女の夫にバレたら――

「どうしたの、祐助くん?」

「え? い、いや……」

夕美が、逡巡《しゅんじゅん》する祐助の顔を覗き込んでくる。

そして手を下にやり、祐助のペニスを軽やかに握った。

「うふっ、さっき、いっぱい出したばかりなのに、もうこんなに硬いわ。ね、祐助くんもしたいわよねぇ? それとも、四十路《よそじ》のおばさんを抱くのは嫌かしら?」

肉棒は、生巨乳のインパクトで再びフル勃起状態となっていた。

先端からは新たな先走り汁が溢れ出ており、夕美の掌がヌルヌルの亀頭を、いい子いい子とあやすように撫で回す。

「あ、あうっ」祐助は腰を戦慄《わなな》かせ、ブンブンと首を振った。「い、嫌じゃないです。僕も、したいです、セックス……!」

夕美は嬉しそうに微笑むと、脱いだ衣服を手にして、いらっしゃいと祐助を誘う。

このアパートの部屋は、玄関を開けるとまずダイニングキッチンがあり、その先に二部屋続いていた。たとえるなら三段のカラーボックスを横にしたような造りである。夕美はリビングを横切り、一番奥の部屋へと向かう。そこが彼女と、娘の結衣の寝室なのだそうだ。

祐助もズボンとパンツをひっつかみ、彼女に続いて寝室へ入った。そこは畳敷きの和室で、夕美は早速押し入れから布団を引っ張り出し、部屋の真ん中に敷いている。

ベランダに出るガラス戸はカーテンが開いたままで、室内には、秋の午後の日差しが柔らかに差し込んでいた。だが、ここは二階の部屋で、ベランダの向かいの建物には、ここを覗けるような窓もない。外から見られる心配はなさそうだ。

（ここで、するんだ。僕の童貞喪失……）

母と娘が毎夜仲睦《むつ》まじく寝ている部屋で情交に及ぶのである。初体験の興奮に加え、背徳感にも胸が高ぶっていく。

敷き布団の準備が終わると、夕美は祐助のTシャツを脱がせてくれた。

それから彼女は、敷き布団に仰向《あおむ》けで横たわる。

「うふふ、じゃあ次は祐助くんが脱がせてくれるかしら？」

女体には最後の一枚が、ベージュのパンティがまだ残っていた。夕美は、焦《じ》らすようにゆっくりと腿肉の扉を開く。M字を描く両脚。

露わになった股間の中心は、粗相《そそう》をしたみたいにぐっしょりと濡れ、割れ目の凹凸にぴったりと張りついていた。

祐助は彼女の股の間に膝をつき、緊張に震える指でパンティに指をかける。すかさず夕美が腰を持ち上げてくれて、祐助は難なくパンティを下ろすことができた。丸尻の方から、桃の薄皮をツルンと剝くみたいに。

太腿にパンティを滑らせ、両脚から引き抜く。たっぷりの女蜜を吸ったせいで、股布の部分が少し重たく感じた。顔を近づけてみると、ヨーグルトにも似た甘酸っぱい淫臭がねっとりと鼻腔に絡みついてくる。

(これが、オマ×コの匂いなのか……？)

もっと鼻を寄せて嗅いでみたかった。なんなら裏返して、女陰に直《じか》に当たっていた股布を観察してみたりもしたかった。が、

「やだわぁ、祐助くんったら。もしかして使用済みパンティで興奮しちゃうタイプなのかしら？」

「あっ……す、すみません」

祐助は頬を熱くし、クスクスと笑っている彼女に慌てて謝った。変態だと思われては困るので、濡れパンティを敷き布団の脇に置き、気持ちを切り替える。

(下着なんかより、本物のオマ×コが目の前にあるんだから)

改めて夕美の股間に向き合う。初めて直に見る女の秘部。

ぽっこりと膨らんだ恥丘は黒い茂みに覆《おお》われ、その下に肉のスリットが深く刻まれていた。そして花弁のようなビラビラが、内側から大きくはみ出している。

「ほぅら、もう準備万端よ。いつでも、どうぞぉ」

夕美は、左右の人差し指を割れ目の縁《ふち》に引っ掛け、グイッと広げた。

割れ目の内側の媚粘膜は、多量の愛液でヌラヌラと妖しく光っている。

その中に、無数の皺《しわ》で囲われた窪みがあり、泉が湧き出すように女蜜が溜まっていた。おそらく、ここが膣穴の入り口だろう。

「おおっ……」

興奮のあまり、祐助は一声唸った。ネットの無修正画像なら何度も見てきたが、やはり実物は迫力が違った。身をかがめて覗き込むと、あのヨーグルト臭が、微かなアンモニアの刺激を含んで鼻腔に流れてきた。

(なんてエロい匂いだろう……ああ)

思わず深呼吸する、官能が高ぶり、反《そ》り返った肉棒がヒクッヒクッと勝手に脈動した。先走り汁も止まらなくなっている。

祐助は上半身を起こして膝を進め、先ほど見当をつけておいた、媚裂の中の一番深い窪みにペニスの先をあてがった。

「じゃあ、い、いきますっ」

幹の根元を指で支えて、腰を押し進める。

出産経験もある熟れ妻の膣穴は、柔軟に口を広げ、すんなりと祐助の巨根を呑み込んだ。風呂の湯のように熱く、おびただしい女蜜に蕩けきった媚肉が、門を潜った亀頭を歓迎するようにキュッと締めつけてくる。

「うふんっ……あぁ、久しぶりのオチ×ポ……」

豊腰をくねらせ、はふぅ――と、熱い吐息を漏らす夕美。

「うぅ……き、気持ちいい……」

祐助も、予想以上の快美感にたまらず震え声を漏らした。一瞬動けなくなるほどの衝撃だった。

しかし、二、三度深呼吸をしてから、意を決して挿入を再開する。ペニスが蜜肉と擦れ合い、さらなる愉悦に襲われた。ズブリ、ズブリと突き進み、亀頭が女の秘奥に届くと、祐助は太い溜め息をこぼした。

(やった……これで僕も童貞卒業だ)

大人の男になれた喜びと共に、初めての挿入感覚を噛み締める。膣内は、蠕動《ぜんどう》する内臓のようにゆっくりゆっくりとうねっていて、ただ中にいるだけでじわじわと快美感が込み上げてきた。

「あ、あぁ……オチ×ポで、お腹がパンパンよ。やっぱり大きいわぁ」

かつてないほど充血しきった巨根は、膣穴の奥まで潜り込ませても、まだ入りきらない部分が二、三センチほどあった。

美貌を火照《ほて》らせた夕美が、眉根を寄せつつもうっとりした表情で、

「さぁ祐助くん、動いて。オマ×コの奥を、いっぱい突いてちょうだい」

「は……はい」

彼女の脇腹の横に両手をつくと、いざ——と、祐助は抜き差しを開始する。

セックスの仕方などろくに知らないので、言われたとおりにペニスの穂先を膣路の一番奥へ突き込んだ。腰使いはぎこちなかったが、ズン、ズンと膣肉を抉《えぐ》れば、夕美は喉を晒《さら》して仰《の》け反《ぞ》る。

「あぁ……んっ……いい、いいわぁ……オチ×ポが大きいから、奥にすっごく当たってるぅ」

上半身をくねらせ、豊満な柔乳をタップンタップンと左右に揺らして身悶えた。

初めてのセックスで女を悦ばせている。そのことに祐助は胸を熱くした。

だが――快感を得ているのは彼女だけではない。甘美な摩擦感に、祐助はたびたび息を詰まらせた。

（こ……これは、気持ち良すぎるっ）

夕美の膣壁は柔らかく、ギュウギュウと締めつけてくる感じではなかった。その代わり、ペニスの隅々にぴったりと張りついてきて、愉悦のツボを余すところなく甘擦りしてくるのだ。

手淫とは別次元の快感、先ほどのフェラチオをも超える肉悦に、たちまち射精感が湧き上がってくる。このまま続ければ、数分足らずで果ててしまうのは必至だった。

やむを得ず、ピストンの勢いを緩める。尿道を熱くする射精感が多少は鎮まり、祐助はほっとした。

しかし、夕美はそれを許さなかった。

「あぁん、どうしたのぉ？　もっと、もっと強く突いてちょうだい」

「いや、その……そうしたいんですけど……」

恨めしげに見据えてくる夕美。「……もしかして疲れちゃったのかしら？　じゃあ私も動いてあげるから、もっと頑張ってちょうだい。ね？」

そして夕美も腰を使い始めた。膝を立てた状態で、グイッグイッと熟れ腰を突き上げてくる。

「ああっ、ちょっ……待って、夕美さん……クウッ」

さすが年増の人妻。受け身の嵌《は》め腰も実にこなれていた。祐助のピストンにぴったりとタイミングを合わせてくるので、摩擦快感はまたも高まっていく。

「ほら、ほらぁ、祐助くんもぉ」

「おううっ……わ、わかりましたっ」

祐助は観念して、再び抽送《ちゅうそう》の勢いを速めた。ヌッチャヌッチャと泥濘《ぬかるみ》を踏み荒らすような淫音が、母娘の寝室に響いていく。

結合部から白濁した愛液が飛び散り、溢れ出し、布団に染みを作って、立ち上るヨーグルト臭がますます濃くなった。

「あぅうん……いいわ、そうよぉ……はぁん、もっと激しくぅぅ」

「はっ、はひっ……ふっ、ふんっ……うぐ、ググッ……！」

押し寄せる射精感に、祐助は肛門を締め上げて耐えた。さらに女蜜が量を増し、ぐずぐずに濡《ぬ》れ爛《ただ》れた媚肉が、雁首や裏筋に絡みついて撫で擦ってくる。その快感に、必死であらがった。

だが、無理だった。オナニーとは桁違いの激悦が、己の限界をすっかり見誤らせる。気づいたときには前立腺がたがを外していた。

「アアッ!? す、すみませっ……ウウウーッ!!」

押しとどめていた分、猛烈な勢いで樹液が噴き出す。

ガクンガクンと腰が痙攣し、鉄砲水の如きザーメンが二度、三度——それでも収まらずに四度、五度と、人妻の膣壺に注ぎ込まれていった。

「あぁん、もうイッちゃったのね……あぁ、あぁぁ……うぅぅん……」

肉棒が痙攣するたび、夕美もピクッピクッと身を震わせる。

その声は、どことなく切なげだった。自分だけ呆気なく果ててしまうという、苦い童貞喪失を終えた祐助には、そう聞こえた。

3

額から流れる滝のような汗もそのままに、ゼエゼエと喘ぎながら祐助は謝る。

「す……すみません……僕だけ……」

だが、意外にも夕美は優しげに微笑んだ。「気にしないで」と首を振り、

「さっき、お口でいっぱい出したばかりなのに……うふふ、そんなに気持ち良かったのかしら？」と、茶目っぽく尋ねてくる。

おかげで祐助は、少しだけ笑い返すことができた。

「……はい。セックスがこんなに気持ちいいなんて、想像を遙《はる》かに超えてました」

「まあ……じゃあ祐助くん、初めてだったの？」

夕美が目を丸くする。結合部を一瞥《いちべつ》して、

「そんなに立派なオチ×ポを持っているんだから、きっとたくさんの女性を虜《とりこ》にしてきたんだろうと思ったわ」と言う。口調から察するに、冗談ではなさそうだ。

「そんな、僕なんて、全然モテませんから」

「あら、祐助くん、結構可愛いのに……。まぁ、今の祐助くんの周りにいる若い女の子たちは、年上の男性に目がいっちゃう年頃よねぇ」

でも、これからはきっとモテるようになるわよ——と、夕美は付け足す。

「えー……ほんとですかぁ……？」

「本当よぉ。そうねぇ、特に年上の女性からね。祐助くん、母性本能をくすぐるタイプだもの」

夕美は手を伸ばし、慈《いつく》しむように祐助の頬を撫でた。火照ったところにひんやりとした手指が心地良い。

祐助はなんだか気恥ずかしく、真っ直《ま》ぐ《す》に見つめてくる彼女の視線もくすぐったくて、つい目を泳がせてしまった。夕美が、うふふっと笑った。

「……そう、祐助くん、初めてのセックスだったのねぇ。じゃあ、私が童貞を奪っちゃったんだ。ごめんなさいね」

謝りながらも少しも悪びれた様子はなく、夕美はにんまりとする。ご機嫌というか、妙に嬉しそうだ。

そして母性をたたえたその美貌が、不意にまた淫らなものとなる。

「ところで……まだ続けられそう？」

「え……？　あ、あうっ」

夕美が、女壺の口をキュッと締めてきた。祐助は思わず腰を戦慄かせる。

「続けられるわよねぇ？　祐助くんのオチ×ポ、まだまだ全然元気だもの」

「は、はい……」

熱い蜜肉に包まれたままのおかげか、ペニスは未だ屹立を保っていた。立て続けに二度の大量射精を果たしたのが嘘のようだ。

「じゃあ、今度は私が上になっていいかしら？」

彼女の指示に従って結合を解き、祐助は布団に仰向けになる。天井を仰いでそびえ立つ肉棒。

　その上に夕美がまたがり、腰を下ろしてきた。Ｍ字開脚で卑猥《ひわい》に股を広げ、泡立つ白蜜にまみれた肉裂をペニスの穂先へと近づけていく。

　二本の指で屹立を固定し、誤《あやま》たず膣口に捉えた。亀頭を潜らせた後は、一息に腰を沈めて、巨根を根元まで呑み込んでしまう。

「おううっ……！」

「ああっ、全部……は、入ったわぁ」

　亀頭が膣底に当たっても夕美は腰を止めず、ついにズシンと着座して、先ほど余らせていたペニスの根元まですべて女壺に収めた。

「だ、大丈夫なんですか……？」と、心配して尋ねる祐助。しかし、

「ええ、出産のときに比べればこんなの全然……あうぅん、痛いどころか、とっても気持ちいいわぁ」

　膣壁は、祐助の想像以上の柔軟性で伸張し、剛直を丸呑みにした。二人の股間がぴったりとくっつき、割れ目からはみ出した肉弁が無残に押し潰されている。

　膣底への当たりが強くなったことで、むしろ夕美はさらなる愉悦を得ているようだ。

膣路の最奥、子宮口のすぐそばには、ポルチオという最高の性感帯があるという。

「あはぁん、グリグリ当たるわぁ。奥でこんなに感じるの、初めてよぉ」

夕美は、祐助の腹部に両手をついて身体を支えると、腰を押しつけたまま前後に揺らしたり、臼《うす》を挽《ひ》くようにグラインドさせた。

「クリも、うぅん、擦れちゃう、あっ、あぁん」

しばらくポルチオの膣肉をこね回してから、夕美はいよいよ腰を弾《はず》ませ、縦の動きでペニスを出し入れし始める。

「ああっ、ぼ、僕も、気持ちいいです、夕美さんのアソコ……オ、オマ×コ、とっても、おおおっ！」

まろやかな膣襞《ちつひだ》に擦られた雁エラや裏筋が、ジンジンと快美感に痺れた。

これも熟妻のなせる技か、彼女の騎乗位の腰使いは、祐助の拙《つたな》いピストンよりも遥かに巧みだった。ダイナミックな躍動は正確なリズムで繰り返され、そのうえどんどん加速していく。

「んっ、ふっ、本当に？　私のオマ×コ、気持ちいい？　うふん、嬉しいわぁ。もっともっと、気持ち良くなってちょうだい。そぅれっ」

夕美は逆ピストン運動に励みながら、腰を前に後にくねらせた。すると、その都度ペニスの挿入角度が変わり、様々な摩擦快感が味わえる。

（こんなの、オナニーじゃ味わえなかった。初めての感覚だ……ああっ）

それは膣内にあるそれぞれの性感ポイントに肉棒を擦りつける行為でもあるようで、夕美もまた、その顔を喜悦に蕩けさせて乱れていった。

「あ、あっ、おうぅん……祐助くんのオチ×ポ、クイッて反ってるから……あぁ、とっても当たる、引っ掛かるわ……Ｇスポットにもおぉ」

色っぽくかすれたよがり声を漏らし、悩ましげに背中を仰け反らせる夕美。

やはり自分で動いた方が気持ちいいらしく、先の祐助の正常位よりも、明らかに感じている様子である。今や彼女は、本物のピストン機関のように速く、力強く、狂いなく、熟腰を淫らに振り立てていた。

豊臀を打ち下ろし、パンッパンッパンッと甲高い音を響かせる。普段のおっとりした雰囲気からはまるで想像できない姿である。

「はん、ああん、気持ち良すぎ……腰が、止まらないわぁ……おっ、おほおぉ」

彼女の胸元でタプンタプンと巨乳が弾む。祐助はたまらず手を伸ばし、魅惑の膨らみを鷲づかみにした。汗ばんで、掌に吸いつく乳肌を撫で回し、揉みしだく。

硬く尖った乳首を、指先でクリクリと転がすと、

「あうぅ、いいわぁ……もっとしてちょうだい。つまんだり、ねじったりぃ」

夕美は唇の端からよだれを垂《た》らし、淫乱丸出しの卑猥な笑みを浮かべて、弓なりの背中をピクピクと戦慄かせた。

祐助が言われたとおりにすると、夕美はこれまでにも増して乱れるようになる。どうやら彼女は、膣穴と乳首を同時に責められるのがいたくお気に入りのようだ。

「イッちゃいそう……ねぇ、祐助くん、私そろそろイッちゃいそうだわぁ……はうぅん、くぅううっ」

「そ、そうですか……ぼ、僕もっ……！」

二回も射精して、少しはペニスの感度も鈍ったというのに——セックスとは、人妻の熟壺とは、嵌めれば嵌めるほど旨味が増していく。気づけば祐助の方も絶頂の淵《ふち》に立たされていた。

(このまま、夕美さんに任せっきりでいいんだろうか……？)

いくら初めてのセックスとはいえ、女性にだけ汗をかかせて、自分は——せいぜい乳首をいじくるだけ。それではあまりに不甲斐《ふがい》ないのではと思ってしまう。

祐助は、かつて観たＡＶの騎乗位シーンを脳裏に思い浮かべた。

それを真似《まね》して両膝を軽く立て、夕美が腰を下ろすタイミングで、思い切って股間を突き上げてみる。

ズンッと、亀頭が膣底に深くめり込んだ。

「おっ、おほおぉうっ!?」

予想外の一撃だったらしく、夕美は目を白黒させ、バネ仕掛けのように背中を仰け反らせる。

だがすぐに淫靡な顔を取り戻し、さらなる突き上げを求めてきた。

「うっふふぅ、嬉しいわぁ……祐助くんも動いてくれるのね。今の調子で、どんどん来てちょうだい。二人で一緒に……ね、気持ち良くなりましょう？」

「はいっ……が、頑張りますっ」

祐助は肛門に全力で気合いを入れ、今にも限界を超えようとしている射精感にあらがいながら、下から腰を振り始める。

激しい打擲《ちょうちゃく》音《おん》を響かせて、互いの股間がぶつかり合った。夕美の腰使いはリズムが正確なので、タイミングを合わせるのはそれほど難しくない。膣底の肉にグサッグサッと突き刺さる牡の槍。

「はひっ、おぉ、お腹の奥がぁ……あ、穴が空いちゃいそうよぉ」

「い、痛い、ですか？　少し、弱くします？」

「うぅん、ダメ、ダメぇぇ」夕美は駄々っ子のように首を振る。「いいのよ、遠慮しないで、もっと強く、強く、突き上げてちょうだい。ほら、ほらっ、頑張るのぉ」

夕美は身を乗り出して、祐助に覆い被《かぶ》さり、ぶら下がる巨乳をぶつけてきた。右に左に身をよじって、まるで往復ビンタの如く、祐助の頬にペチンペチンと乳肉を叩きつけてくる。

「あ、あああっ……わ、わかりましたっ」

それは牡の欲情を駆り立てる、さながら愛の鞭《むち》。

祐助は猛然と嵌め腰を轟《とどろ》かせた。夕美も再び身体を起こし、全体重をかけて豊臀をハンマーの如く打ち下ろしてくる。

剛直が女の最奥を抉った。張り詰めた雁エラが媚肉の壁を搔きむしった。

そして膣襞は裏筋に吸いつき、激しくも甘やかに擦り立ててきた。

「うぐっ、ううっ……ふんんっ！」

「ああぁん、イッちゃう、あぁ、あっ……おううっ、イッ、イッ……！」

二人とも汗だくになり、寝室内に牡と牝《めす》の匂いが充満する。

(ううっ……も、もう駄目だッ)

気だるさにも似た快美な痺れが、股間を起点にじわじわと広がっていった。締め上げていた肛門も力を失い、ついに祐助は我慢しきれなくなる。

「すみませんっ……イ、イキます、あぁぁ、ウウーッ!!」

大量の樹液を噴出しながらも、祐助は力を尽くして腰を振った。勃起が続く限り、牡の責務を果たそうとした。

射精がやみ、敏感になったペニスが苛烈な摩擦に悲鳴を上げる。そのとき――

「あ、あ、来たわ、凄いのがっ……んほぉお、イク、私もイクぅううっ！」

夕美もとうとう絶頂を極めた。折れんばかりに背中を反らし、ガクガクガクッと狂おしげに女体を打ち震わせる。

膣口が脈打つように収縮し、過敏な肉棒を締めつけた。尿道内のザーメンも残らず搾《しぼ》り尽くされ、気持ちいいような、それでいてヒリヒリするような感覚に、祐助はたまらず呻き声を漏らした。

やがて女体からアクメの反応が薄れていき、力尽きた夕美が祐助に身を重ねる。汗だくの火照った身体同士が密着した。巨乳も、祐助の胸板にムニュッと押し潰された。

自然に手が動いて、祐助は彼女の背中を抱き締める。

完熟した女の柔らかさを、心癒やされるような優しい感触を、全身で受け止めて味わった。その重みすら心地良かった。

4

(やった……童貞を捨てたばかりの僕が、夕美さんを、大人の女性をちゃんとイカせられたんだ……)

夕美は荒い呼吸を繰り返し、祐助はその甘い吐息を胸一杯に吸い込んで、セックスの余韻にさらに陶酔する。

「……はぁ……凄く良かったわぁ」と、夕美が呟いた。

そして彼女は、耳の穴をくすぐるように囁きかけてくる。

「このアパートに引っ越してきてから、祐助くんとは四年近いご近所付き合いだけど、こんなに気持ちのいいセックスをしてくれるのなら……んふふっ、もっと早く誘っちゃえば良かったわぁ」

「もっと早くって……え、前からそんなこと考えていたんですか?」

「えぇ……私ってねぇ、気持ちいいことが大好きなの。だから気に入った子とは、どうしてもエッチなことがしたくなっちゃうのよねぇ」

それでも高校生に手を出すのはさすがに自制していたそうだ。しかし祐助も今年で二十歳になり、もう遠慮することもないだろうと、少し前から機会を狙っていたのだという。

「本当のことを言うとね、夫がリモートでオナニーを見せ合いたいってお願いしてくるのも、なんとなく予想していたの。私もだけれど、あの人もそういう変わったことをするのが好きだから」

そして実際《じっさい》に予想どおりとなった。夕美はこれぞ好機と、祐助を誘惑した。

「もちろん、祐助くんが私に全然興味なかったら、そのときはおとなしく諦めていたけれど……でも、年上好みなのはわかっていたわ」

「え……あ、もしかして、バレてました？　僕がときどき、夕美さんの胸とかお尻を見ていたの。す、すみません」

「ときどきじゃなくて、いつもでしょう？　ふふふっ、それもあるけど——」

夕美はゆっくりと身体を起こし、祐助を真っ直ぐに見下ろして悪戯《いたずら》っぽく笑った。

「祐助くん、管理人さんのことが好きなんでしょう？」

「……は？」

思いも寄らぬ言葉に、祐助は本気で戸惑った。口がぽかんと開いてしまう。

「夕美さん、それ……本気で言ってるんですか？」

彼女が言っているのは、このアパートの管理人で、大家の娘でもある、小鳥遊奏《たかなしかなで》のことだ。

「あら、違ったかしら？」夕美は意外そうな顔で首を傾げた。「だって管理人さんって……ほら、一見すると意地悪や虐《いじ》めみたいなこと、祐助くんによくしてくるじゃない？　でも、祐助くんも別に怒っていないみたいだし、てっきりまんざらでもないのかと……」

「あ、あれは〝みたいな〟じゃなくて、虐めそのものです！　怒ってないわけじゃなくて、もう諦めているん——」

とんだ誤解だと、祐助は声を荒らげかけるが、ハッとして口をつぐむ。

寝室の外から、ガチャッという音が聞こえてきたのだ。玄関のドアが開く音だと直感した。それを裏づけるように、「ただいまぁ」という少女の声が聞こえてくる。

夕美の娘、結衣が小学校から帰ってきた——祐助は、床に置かれた小型の目覚まし時計を見た。時刻は午後三時四十五分。先ほどの夕美の話では、まだ結衣は学校で友達とおしゃべりをしているはずの時間である。

「祐助くん、急いで服を着てっ」

途端に夕美が動きだした。未だ膣内にあったペニスを引き抜き、祐助の上から降りると、枕元に置いていた衣服をつかんで手早く身につけていく。

祐助も大急ぎで服を着ていった。慌てているせいで足がズボンの途中に引っ掛かり、危うく転びそうになる。先に服を着終えた夕美が、

「祐助くん、服を着たら、布団を押し入れにしまってちょうだい。適当に突っ込んでくれていいから」

お願いねっと言って、彼女は先に寝室を出ていった。祐助がＴシャツに頭を突っ込んで両手を出していると、壁の向こうから二人の声が聞こえてくる。

『おかえりなさい。今日はずいぶん早かったわねぇ』

『マキちゃんがね、新しいゲームを買ってもらったんだって。だからみんなで遊びに行くことになったの』

話を聞いていると、どうやら結衣は、邪魔なランドセルを置いてすぐにまた出かける気らしい。このままここで息を潜めていれば、鉢合わせずにすむのでは――と、祐助は考える。

が、なんらかの理由で、出かける前の結衣が寝室に入ってくることもあるかもしれなかった。とにかく祐助は、できる限り音を立てないように、しかし可及的速《すみ》やかに、

不倫の名残《なごり》である敷き布団を片づける。

押し入れを閉めた、まさにその直後、寝室のドアが開いた。祐助は心臓が止まるかと思った。

「あれ、祐助お兄ちゃん、ここでなにしてるの？」

きょとんとした結衣が尋ねてくる。四年ほど前からのお隣同士なので、この少女とも充分に顔馴染みだった。

答えに詰まって、祐助は目を泳がせる。すると、部屋の壁に飾ってある絵が視界に入った。なかなかに迫力のあるライオンの絵である。

「え……絵を見せてもらっていたんだ。動物園に行って描いたんだって？　結衣ちゃんは、とっても絵が上手だね」

「えー、そんなに上手《うま》くないよぉ。もう、恥ずかしいから外してって、ママに言ってるのに……」

結衣は照れくさそうに微笑みながら、寝室の壁に掛けてあったキャップを手に取った。どうやら、それが目的だったようである。

と、そのとき祐助は、畳の上に小さな布の塊が落ちているのに気づいた。

色はベージュ。ハッとした。夕美さんのパンティだ。穿《は》き忘れていったんだ！

一瞬悩んだ祐助は、それを素早く拾い上げて、ズボンのポケットにねじ込む。結衣には気づかれなかった。

「結衣、遊びに行くのはいいけれど、あまり遅くならないうちに帰ってきなさいよ。暗くなる時間も早くなっているんだから。それと、今日は宿題は出たの？　この間みたいに、夜になってから思い出して大騒ぎするのは――」

「はいはい、帰ったらちゃんとやるよぉ。それじゃ、いってきまーすっ」

母の小言《こごと》を軽く受け流した結衣は、お気に入りらしいキャップを被って、元気に出かけていった。

それを見送ってから、祐助はふーっと長い息を吐き出す。

「うふふっ、ドキドキしちゃったわねぇ」と、夕美が茶目っぽく笑った。

祐助はとても笑える気分ではない。まだ膝が微かに震えていた。とにかくバレなくて良かったと思う。

「……そうだ、夕美さん、パンツ穿き忘れてたでしょう？」

彼女に返そうと、ズボンのポケットに手を差し込んだ。

だが、その手を、夕美が押さえる。

「祐助くんが拾ってくれたのよね？　いいわ、童貞卒業の記念にあげる」

そのままぴったりと寄り添ってきた。ついさっきまで母親の顔だったのを、またも淫靡な美貌に豹変させて、間近からじっと見つめてくる。

媚びるようでありながら、男の欲情を支配してくる眼差し――

熱く湿った吐息と共に、彼女は言った。

「その代わり、また今度……ね？」

第二章　仕返しは艶美な足の裏に

1

祐助が〝メゾンことり〟にやってきたのは、七歳のときだ。

両親が交通事故で帰らぬ人となり、このアパートで暮らしていた祖母に引き取られたのだ。祖父は、祐助が赤ん坊の頃に亡くなっていて、一人暮らしだった祖母は、息子夫婦の死を悲しみながらも、孫と一緒に暮らせることを心から喜び、愛情いっぱいに祐助を育ててくれた。

その祖母も、去年亡くなった。それ以来、祐助は一人でこのアパートに暮らしている。通っている大学は県内で、通学も歩きと電車で片道一時間程度と、それほどの不便はなかった。

築二十数年のアパートは、外観に今時の垢抜けた雰囲気はない。ただ、一応は鉄骨造らしく、メンテナンスも良心的に行われているので、雨漏りなどの問題が発生したことは一度もなかった。

今となっては、亡き両親と住んでいた家よりも愛着のある〝我が家〟である。しかし、大学を卒業したら、就職先次第では引っ越すこともあるだろうと考えていた。ただ、それはまだ先の話だ。

今日は九月三十日。夏休みは終わり、明日からまた学生生活が始まる。

にもかかわらず、今日もつい昼過ぎまで寝てしまった。祖母が生きていた頃よりも自堕落《じだらく》になっていることに軽い自己嫌悪を覚えつつ、ともかく今は空腹を訴える胃袋を鎮めようと考える——が、そのとき、部屋の呼び鈴が鳴った。

祐助は急いでパジャマからジーンズ、Tシャツに着替え、玄関へ向かう。

ドアを開けると、そこには笑顔の美しい女性が立っていた。

このアパートの管理人である、小鳥遊奏である。

「あ……こ、こんにちは、奏さん。なにか用ですか……？」

祐助は、緊張に身を固くして尋ねた。

彼女がやってきたことに嫌な予感を覚える。笑顔を浮かべているのが、なおさら怪しかった。この顔の彼女に、昔から何度も酷《ひど》い目に遭《あ》わされてきたのだ。

奏は今年で三十歳――祐助より十歳年上の女性である。

大家の娘で、祐助がこのアパートにやってきた当時はまだ高校生だった。彼女は一階の大家の部屋に住んでいて、祐助にとっては、いわば幼馴染みのお姉さんだ。

しかし、優しいお姉さんではなかった。小学生の祐助をしょっちゅうからかったり、子分のようにこき使ったりした。彼女の機嫌が悪いときは、祐助はプロレス技で悲鳴を上げさせられることもあった。

祐助は奏を恐れるようになったが、それでも祖母が体調を崩して入院したときなどは、大家の家に預けられて、何日も奏と共に暮らす羽目になったりした。

一緒に風呂に入ったときのことだ。まだ一度も剝いたことのなかった幼い陰茎の包皮を、奏はズルッと力任せに剝いた。そして「ここを綺麗にしておかないと、病気になっちゃうのよ」と、空気に触れているだけでヒリヒリしているピンクの亀頭に、いきなり熱い湯をぶっかけた。

祐助は激痛に絶叫し、そのときはさすがに奏は両親に怒られていた。しかし、その後も奏の態度が変わることはなかった。

今では祐助も、彼女にそれほどの悪意はなかったのだと理解している。彼女にしてみれば悪戯の延長のようなものだったのだろう。

だから彼女を嫌ってはいない。だが苦手には思っているし、顔を合わせると、どうしても嫌な思い出が脳裏にちらついて緊張する。

気の強そうな、やや太めの眉。目尻の吊り上がった大きな瞳。ちょっと意地悪っぽい雰囲気で両端を持ち上げた、ぷっくりとした肉厚の唇——。鼻筋もすっと通っていて、なかなかに美しく整った顔立ちだが、祐助の苦手意識は相変わらずだった。

しかし、そんな相手であるにもかかわらず、奏が目の前にいると、

（ああ、くそっ……今日も大きいなぁ）

祐助は、彼女のその部分に目をやらずにはいられなくなる。

伸縮性のあるカットソーの胸元が、異様なほどのボリュームで膨らんでいた。ブラジャーのカップのラインがくっきりと浮き出るまで張り詰めていた。

あれこれと日常的に雑用を押しつけられる祐助は、奏の洗濯物の取り込みを手伝わされ、そのときに彼女のブラジャーを手にしてしまったことがある。

チラリと見えたタグには、アルファベットのIの文字が記されていた。

どれだけ奏のことを苦手に思っていても、男として、どうにもこの爆乳には欲情させられてしまった。悔しいが、オナペットにしたことは一度や二度ではない。

「今夜ね、昔の友達とビデオチャットで飲み会をするのよ」と、彼女は言った。なんでも、大学時代に奏が所属していたテニス部の友達二人と、パソコンのウェブ会議ツールを使って、自宅にいながらリモートで飲み会をするのだそうだ。

「はあ……それで……もしかして、ソフトの使い方がわからないとか？」

「はぁ？　わかるわよ、それくらい。馬鹿にしないで」

奏は笑顔を一変させ、ジロッと睨みつけてきた。ビデオ通話自体は、これまでに何度もしたことがあるという。

「そうじゃなくて――祐助もその飲み会に出てちょうだい」

「へ？」祐助はしばし絶句した。「……な、なんで僕が？」

奏は、少々ばつが悪そうに答える。「だって、その友達がね、私に言うのよ。〝あんたまだ若いんだから、新しい男捕まえて再婚しなさいよ〟って」

その友達は、さらにこう言ったそうだ。でもあんた、バツイチみたいなものなんだから、えり好みしてちゃ駄目よ？　こんな自分でも良ければばっていう気持ちで探すのよ？　と。

奏は確かに結婚歴があった。だが、離婚をしたわけではない。未亡人だった。

結婚をしたのは今から八年前。その二年後に、夫が病死してしまったのである。急性心筋梗塞《しんきんこうそく》による突然死だったそうだ。

当時の彼女は相当に落ち込んで、一日中部屋に籠《こ》もり、祐助に絡んでくることもなくなった。

だが、今ではすっかり立ち直って、このとおりである。

「いくら友達だからって、失礼だと思わない？　その子なんて、まだ一回も結婚したことないくせに、そういうこと言うのよ？」

奏はプンプンと腹立たしげに腕組みをした。圧倒的な爆乳がムニュッと寄せ集められ、押し上げられて、さらに破壊力を増す。

祐助は己に鞭打ち、彼女の胸元から視線を外した。奏は話を続ける。

「だからムカッとして、つい言っちゃったの――」

結婚はまだだけれど、付き合っている彼氏ならもういるから、と。

「……いるんですか？」

「いないわよっ。だから祐助に、彼氏役で飲み会に参加してほしいの。わかった？じゃあ、よろしくね」

「ちょっ、ちょっと、待ってください。僕が奏さんの彼氏に……!?」

「役よ、彼氏役。私だって、あなたみたいなお子様には荷が重いと思っているわよ。

こんなスタイル抜群のいい女と、彼女いない歴二十年の童貞くんじゃ、全然釣り合わないもの。でも、他に頼めそうな人もいないんだから、しょうがないじゃない」

両手を腰に当て、奏はフンと鼻を鳴らす。

横暴な幼馴染みに、祐助は一瞬だけ苛立《いらだ》ちの視線を向けた。彼女はまだいないけど、もう童貞じゃないんだからなっ。

しかし、子供の頃からの刷り込みで、結局祐助は強く出られない。

「今夜って、急に言われても……僕、明日から後期の授業が始まるんですけど……」

うつむいて、ボソボソとそう呟くのが精一杯だった。

「大丈夫よ。そんなに遅い時間まではやらないから」

奏が、玄関内に一歩踏み込んでくる。その分、爆乳が近づいてくる。はち切れんばかりのカットソーの膨らみが、重たげにゆさっと揺れる。

「後で買い出しに行ってくるけど、祐助はビールでいい？　欲しいおつまみとかある？　あぁ、もちろん、お金を出せなんて言わないわよ。ただで飲み食いさせてあげるんだから、悪い話じゃないわよね？」

人にものを頼む態度とは思えないほど、堂々と胸を張る奏。

彼女の方が、今でも祐助よりちょっと背が高いので、威圧感を覚えずにはいられなかった。スポーツをやっていたせいか、女性にしては肩幅も広い。

「……わ、わかりました」

「そう、じゃあ八時からの予定だから、十分前には来てちょうだい。あ、祐助も画面に映るんだから、変な格好してこないでよ？」

そう言うと、奏は早々にきびすを返し、自室に戻っていった。

一つ結びのロングヘアが揺れる背中——それが見えなくなってから、祐助はやれやれと肩を落とす。

「彼氏役かぁ……。上手くやれなくて、嘘なのがバレちゃったら、後で奏さんに滅茶苦茶怒られるんだろうなぁ……」

2

指定されたとおりの時間に、祐助は管理人室に向かった。

昔はそこに、奏とその両親が一家で住んでいたのだが、奏の結婚を機に、大家である両親はアパートの管理を娘に任せて、北海道に引っ越していった。最北の地で、大自然と雪に囲まれて暮らすのが長年の夢だったそうだ。

「いらっしゃい。うん……まあ、その格好なら一応合格ね。入って」

祐助の服装を上から下まで値踏みした奏が、中へ通してくれた。精一杯のよそ行きのシャツを着てきた甲斐があった。彼女も明らかに部屋着とは違う、シルクのようにつややかなネイビーのブラウスを着ていた。

（この部屋に入るのも久しぶりだな。雰囲気が昔よりずいぶんと……明るいというか、お洒落《しゃれ》になってる。結婚して旦那さんと暮らし始めたとき、家具とかいろいろ変えたのかな）

このアパートの各部屋は２ＤＫ――独身者かカップル向けに出来ていたが、管理人室だけは２ＬＤＫで少々造りが違った。夫が生きていれば、奏も子供を一人か二人産み、ここに家族で住んでいたのかもしれない。

リビングダイニングのテーブルには、ノートパソコンが置かれていた。

奏一人がヘッドセットを使っては、リモートの会話に祐助が参加できないので、スピーカーとマイクの機能をあわせ持つ、外付けの〝スピーカーフォン〟というものを彼女は用意していた。これを使えば、ビデオ通話時にありがちなトラブルの一つ、音声のハウリングもなくなるという。

「わざわざ買ったんですか？」

「私、そもそもヘッドホンとかイヤホンが苦手なのよ。耳を押さえつけられたり、耳の穴を押し広げられている感覚がね。だから、ちょうど良かったわ」

やがて午後八時となり、ウェブ会議ツールの〝ミーティング〟に奏の友達が参加してきた。一人は奏と同じ学年だった人で、名前は早希《さき》。もう一人は、一つ後輩の史子《ふみこ》という女性だった。

パソコンの画面に映った早希は、奏と同じような勝ち気な雰囲気の女性で、史子の方は少々ぽっちゃりとした、おとなしそうな人だった。奏にとって早希は、友達の中で一番気が置けない相手だという。そして史子は、学生時代からずっと奏を尊敬しているという、最も可愛い後輩なのだそうだ。

自宅から通学できる距離だった奏と違い、彼女たちは出身地が大学から遠く離れていて、大学近くの安アパートにルームシェアして住んでいたという。そして二人とも、卒業後は地元に帰ってしまった。今では三人で直接顔を合わせることもなかなか難しく、こうして月に一度くらいのペースで、リモートの交友を続けているのだとか。

『へー、君が奏の彼氏なんだ。よろしくぅ』

『こんなに若い子だとは思いませんでした。さすが奏先輩ですね。羨ましいですっ』

飲み会が始まり、祐助が〝彼氏〟として紹介されると、二人は興味津々《しんしん》の顔で、早速、様々な質問を矢継ぎ早に浴びせてきた。

下手に嘘を重ねると、それだけボロが出やすくなる。なので、出会った経緯などは基本的に本当のことを話し、そこから偽《にせ》のなれそめを交ぜていった。

祐助が言葉に詰まったりすると、すぐさま奏があることないことをペラペラと語りだす。酒を飲むと舌が回るようになるのか、奏は冷《ひ》やの吟醸酒《ぎんじようしゆ》を、グラスでグイグイやっていた。どうやら彼女は、なかなかの酒飲みのようだ。

一方で祐助は、今年二十歳になったばかりなので、まだ酒の味の良さはわからない。甘口のサワーをちびちびとすすっては、奏が宅配サービスで注文したという、海老、イカ、ホタテの貝柱が山盛りのシーフードピザを遠慮なく頂いた。今日の迷惑料代わりだ。

史子が尋ねてくる。『祐助くん、二十歳ってことは……今、大学生？』

「あ……はい。二年生です。一浪したので」

ニヤニヤしながら早希が言った。『ってことは、周りには同じ大学生の女の子がいっぱいいるんでしょ？　なんで奏が良かったの？』

「ちょっとぉ、それ、どういう意味？」パソコンの画面に向かって奏が睨む。

『だって、あんた三十歳よ。大学生の若い子からしたらおばさんよ、おばさん。普通の男の子なら、彼女が欲しかったら、もうちょっと若い子から探すんじゃない？』

祐助は顔を赤くして、ぼそりと答えた。「いや、まあ……僕、年上好きなんです。大人の女性がタイプでして……」

『じゃあ祐助くんは、子供の頃から奏先輩一筋だったのね？』ビールで頬を火照らせた史子が尋ねてくる。祐助が答える前に、さらにたたみかける。

『奏先輩が結婚した後も、初恋の女性である奏先輩をずっと想い続けていたってことよね？　ああん、それって凄くロマンチック。恋愛映画みたいだわぁ』

勝手に〝初恋〟設定まで付け加えて、頭の中の物語に陶酔《とうすい》しているかの如く、史子は上半身をゆらゆらと揺らした。

だが、早希の方はというと、どことなく冷ややかな目をして笑っている。

こちらの嘘を見抜いているような、精一杯のお芝居をしている祐助たちをからかっているような、そんな雰囲気を漂わせている。

やがて酒が進むと、とうとう彼女はそれを口に出した。

『……ねえ、あんたたち、本当に付き合ってるの？　なーんか怪しいんだけど』

「えっ？」

「ほ、本当に決まっているじゃない。なによぉ、今さら。ねぇ？」

パソコンの画面に映っていないテーブルの下で、戸惑う祐助の足を、奏の爪先がビシッと蹴りつけてくる。祐助は慌てて「そ、そうですよ」と、奏の尻馬に乗った。

『ふーん、そう』

早希は画面に映る祐助たちではなく、パソコンのカメラの方をじっと見据えてくる。奏のパソコン画面では、早希が、まるで目の前にいるように、こちらに視線を向けてきた。そのプレッシャーに、祐助はゴクリと唾を飲み込む。

『じゃあ訊くけど、もうセックスはしたの？』

「それは……も、もちろん、したわ」胸を張って答える奏。

『したのね。じゃあ、祐助くん』早希が尋ねてきた。『奏の性感帯は知ってる？　オッパイとアソコ以外で』

「え……えっ？」思いも寄らぬ質問に祐助は混乱する。

奏がパソコンに向かって身を乗り出した。「ちょっ……ちょっと、バカ早希ッ！　なに言ってるの、そんなこと——あ、あなただって知らないでしょうっ」

『知ってるわよ。昔、酔っ払ったあんたから直接聞いたんだもの。ねえ、史子？』

好奇心を露わにした瞳で事態を眺めていた史子が、こくりと頷く。『……はい、私もそれ、聞いたことあります』

「う、嘘……」

どうやら奏は、酒に酔って自らしゃべってしまったことを忘れていたようだ。

『さあ、どうなの祐助くん。奏の性感帯、知ってる？　知らない？』

薄笑いを浮かべた早希が問い詰めてくる。

まさかこんな質問をぶつけられるなど、考えもしていなかった祐助は、助けを求めるようにチラチラと奏を見る。が、彼女はこっちを見てもくれなかった。

仕方がないので、祐助は思い切って勘で答える。

「み、耳……ですか？」

『はい残念、正解は足の裏よ』

早希は人差し指を重ねて×の字を作った。『奏はね、足の裏の、特に土踏まずをくすぐるように触られるのが――』

その瞬間、早希の声が消える。

奏がスピーカーフォンを操作し、音声をミュートにしたのだ。そして彼女は両手で祐助の顔をつかみ、グイッと引き寄せる。

アッと思ったときには、唇を重ねられていた。

突然ファーストキスを奪われた祐助は、目を見開いてしばし石像の如く硬直する。

すると唇が離れ、鼻先の触れ合うような間近から、彼女がこっそりと囁いた。「ちょっと、もっと恋人同士っぽくしなさいよ……！」

そしてまたすぐに口づけが再開される。無意識に目を閉じ、どうしていいかわからずに戸惑っていると、彼女の舌が、祐助の唇をツンツンとつついてくる。

祐助が薄く口を開くや、彼女の舌がヌルリと滑り込んできた。

二人の舌が接触する。途端に奏は舌を絡めてきた。まるでナメクジの交尾の如く、唾液にぬめる互いの舌粘膜が擦れ合った。

（あ、あ、大人のキスだ……き、気持ちいい……！）

背筋がゾクゾクして、全身から力が抜ける。初めてのディープキスは、性行為といっても差し支えないほどの愉悦をもたらした。ズボンの中で早くも若茎が疼《うず》きだす。

祐助の舌を貪《むさぼ》りながら、奏は顔を上下に揺らして、プルンとした肉厚の朱唇を擦りつけてきた。そのなめらかな摩擦感がまたたまらない。

祐助は淫気をたぎらせ、自らも舌を蠢かせた。ニュルニュル、ニチャニチャと淫らな水音が、まるで頭の中から響いてくるようだった。

アルコールの風味を含む唾液が、彼女の舌を伝って流れ込んでくるので、トロリとして生温かいそれを、祐助は思い切って飲み込む。すると、嫌悪感が湧くどころか、ますます興奮が高まり、全身の血が煮え立つように熱くなった。

(信じられない、僕があの奏さんとキスしてるなんて……あぁ、奏さん……)

これまでたくさんの酷い仕打ちを受けてきたが、口づけの心地良さに、そのわだかまりが溶けていくようである。それほどの衝撃であり、それほどの陶酔だった。

彼女の鼻息に含まれた吟醸酒のフルーティな香りも、祐助の意識をさらに甘美に蕩けさせていく。

しかし——始まりと同じように、そのキスは唐突に終わった。

そっと目を開けると、彼女の唇が離れていく。光る唾液の糸が互いの唇を繋いでいて、やがて真ん中からプツリと切れた。

吐息を整えてから、奏は小声で言った。「もう帰っていいわよ」

「……え？」

冷たい口調に、祐助は唖然とする。

奏はスピーカーフォンのミュートを解除した。しかし、パソコン画面に映る二人は、呆気に取られた様子で黙ったままである。

「どう？　今のキス」パソコンのカメラに向かって不敵に微笑む奏。「私と祐助が恋人同士だって、これでわかったでしょう？」

『う、うん……まあね』

『わ、私は別に、奏先輩が嘘ついてるなんて思ってませんでしたけど』

あれだけ濃厚なディープキスを見せられたら、彼女たちも信じないわけにはいかないようだった。奏は満足そうにウンウンと頷く。

「あ、それでね、悪いんだけど祐助はそろそろ失礼しなきゃいけないの。明日から大学の授業が始まるから、なにか準備があるらしいのよ。ごめんねぇ」

にこやかにそう言いながら、踵《かかと》で祐助のふくらはぎをゲシゲシと蹴りつけた。

『そうなんだ、なんか無理に参加させちゃったみたいで悪かったわね』

『ありがとう、祐助くん。また一緒に飲みましょうね』

「は、はぁ、どうも……」

ダイニングテーブルの下での攻撃に耐えかね、祐助はやむを得ず席を立つ。

ウェブ会議ツールの画面から祐助が消えると、奏がパソコンを自分の正面にセットし直し、そしてカメラの画角範囲の外で、祐助に向かって手を振った。

しっしっと、邪魔者を追い払う仕草で――。

(用は済んだから、とっとと帰れってことか……？)

彼女はもはや、こちらを見ようともしない。途端に怒りが込み上げた。

（奏さんは僕のことなんて、ほんとになんとも思ってないんだ）

キスをしただけで彼女の過去の仕打ちを赦《ゆる》し、それどころかときめいてしまいそうになった自分が情けなかった。すっかり落ち着いて友達と談笑している彼女を見ると、余計に悔しくなる。

男だってファーストキスに全然こだわりがないわけではない。それなりに特別だ。それを横暴に奪っておいて平然としているのが赦せなかった。

（この人は、昔から本当にっ……！）

今日まで溜め込んだ鬱憤《うっぷん》が、今、爆発した。

祐助は身をかがめ、パソコンのカメラに捉えられないようにテーブルの下に潜り込んだ。奏は会話に夢中で気づいていない。

ほっそりとくびれた彼女の足首を左手でつかむと、右手の指先で、彼女の足の裏を靴下の上からそっと撫でた。

「ひっ……!?」

奇声と共に奏の膝が上がり、テーブルの裏をゴンッと打つ。二人の友達が「なに今の？」「大丈夫ですか？」と尋ねてきて、奏は「ううん、なんでもないわ」と誤魔化した。それから「ごめんね、ちょっと待ってて」と言い——

「やめなさい、怒るわよっ！」

おそらくはビデオ通話をいったんオフにしたのだろう。テーブルの下を覗き込んで、奏が怒鳴りつけてくる。

すでに怒っているようにしか見えない鬼の形相で、いつもならその迫力に気圧《けお》されてしまうが、今は内なる怒りが祐助を支えていた。

顔を上げ、自分でも驚くほどの強気で、彼女の視線を迎え撃つ。

「彼氏なんて嘘だったって、お友達の二人にばらしますよ」

「……うっ」

奏が、ひるんだ。祐助が脅してくるとは夢にも思っていなかったようで、ギョッと顔を引き攣《ひ》《っ》らせて絶句した。

初めて反撃に成功した祐助は、さらに戦意を高ぶらせて、彼女の靴下を脱がせてしまう。「奏さん、ビデオ通話をオフにしてるんでしょう？　いつまでもそのままだと、お友達に不審がられますよ？」

祐助にやめる気がないことを理解したらしく、奏は悔しそうに美貌をしかめると、

「あ……後で、覚えてなさいよ……！」

顔を上に戻して、何事もなかったかのように、またパソコン画面に向かった。え、

ううん、なんでもなかったわ。テーブルの下に虫がいたような気がしたのよ……。

おそらく奏は、見栄を張っていたと友達にバレるのがよほど嫌なのだろう。祐助は、初めて彼女に勝った気がした。だが、まだ満足はしていない。

(これまでの恨み、今こそ晴らしてやるっ)

五本の指を蠢かせて、剝き身となった彼女の足の裏を、土踏まずの部分をコチョコチョとくすぐった。

「……ッ!?」

奏の足がビクビクッと痙攣する。

なおもくすぐり続けると、次第に反応が変化していった。足の震えは小さくなっていき、その代わり足の指が、ときおりギュッギューッと内側に丸まるようになる。

(足の裏が性感帯だって、早希さんが言っていたけど……じゃあこれは、やっぱり感じてるのか?)

祐助は、奏の足首を両手でつかんで持ち上げる。

多少は奏も抵抗したが、先ほどの脅しが利《き》いたのか、全力で祐助の手を振り払おうとしたり、蹴りつけてくるようなことはなかった。

彼女の足の裏に顔を寄せた。途端に汗と脂の匂いが、鼻の奥を刺激した。

ここ数日は秋の陽気を思わせる涼しげな日々が続いていたが、さすがに朝から晩まで靴下に包まれていれば、その中身はそれなりに蒸れたことだろう。

（……でも、思っていたような匂いじゃない。全然、臭くない）

いや、臭いといえば臭いのだが、少しも嫌な気分にはならないのだ。むしろ欲情が高まってくる。まるで性器の匂いを嗅いでいるみたいに――。

土踏まずの凹みを、思い切ってペロリと舐めてみた。

「……ンンッ……！」奏が呻き声を漏らす。

祐助の舌に独特の塩気が広がった。奏は汗の量が多いのか、味は濃いめで、なかなかの美味だった。脂は舌に残らず、後味もすっきりしている。

祐助はさらに舌を這わせていった。踵から爪先までじっくりと舐め上げたり、尖らせた舌先をチロチロと左右に往復させたりした。指の股の一つ一つにも舌を差し込み、さらには指も一本ずつ丁寧にしゃぶっていく。

「んふっ……そ、そうなんだ」「へぇ……あ、アウッ……」「え……？　だ、だからなんでもないわよ」奏はなおも友達二人との談笑を続けていた。

なんとか平然を装《よそお》っているが、テーブルの下では、彼女の脚が絶えず悩ましげにくねっていた。スカートの内側で股ぐらが閉じたり開いたりし、まるで尿意を我慢するように、左右の太腿がモゾモゾと擦り合わされていた。

(オシッコじゃないよな。じゃあ、もしかして……)

今の祐助は怖いものなしだった。波打つスカートの裾をつかむと、彼女の股が開いた瞬間に勢いよくめくり上げる。

ムチムチの太腿どころか、その奥の付け根まで露わになった。

パンティの色はホワイト。そして女の中心を包んでいた二重布には、笹の葉のような形の濡れ染みが浮かび上がっていた。

(オマ×コが濡れてる。やっぱり感じてるんだっ)

祐助は素早く腕を伸ばす。彼女が慌てて股を閉じ、祐助の腕を挟み込んだときには、恥ずかしい染みの部分に親指を当てていた。

「……くっ……ダ、ダメ、そこは……お願い、もう赦《ゆる》してぇ……!」

きっと一時的にマイクをオフにしたのだろう。奏が震える声で哀願してきた。

しかし、祐助は容赦しない。かつてプロレス技をかけられた祐助が同じことを言って、彼女は赦してくれただろうか? いいや、赦してくれなかった!

片手で足首をつかみ、足の裏の凹みをレロレロと舐め回しながら、もう片方の手でパンティ越しに恥裂をいじる。親指を割れ目に潜り込ませ、下から上へスライドさせせると、指の腹に媚肉の感触が伝わってきた。

何度か繰り返しているうちに、コリッとした感触が指に当たる。

（これ……クリトリスってやつか？）

指圧師の如く親指をグッグッと押し当てると、奏が切羽詰まった声を上げた。

「あ、あうーっ……ダメッ、ほんとに……と、友達に見られているのにィ……！」

祐助の腕を挟んでいた太腿が、狂おしげに戦慄く。

「いやっ、アアッ、もうイッ、イッ……ンンンーッ!!」

ギュギューッと、太腿の肉門が固く閉じた。両膝が小刻みに痙攣し、それは長く続いた。

やがて――強張《こわば》っていた内腿からふっと力が抜ける。彼女の股ぐらがだらしなく開き、再び露わとなった股間の濡れ染みは、先ほどの倍以上の面積になっていた。

テーブルの上から、奏の喘ぎ声がゼエゼエと聞こえてくる。

『ねぇ奏ったら、あんたマイク切ってるの？　ちょっと……大丈夫？』

『か、奏先輩、具合でも悪いんですか？』

二人の心配そうな声。しばらくして、

「ご……ごめんなさい、私、飲みすぎたみたい……あふ、ううぅ」

そう言って、奏は飲み会のお開きを告げた。

友達二人はどこか腑に落ちない様子だったが、奏の容態が尋常でないことは理解したようだった。『それじゃあ、またね』『お大事に……』という声を最後に、リビングダイニングは静寂《せいじゃく》に包まれる。

と、次の瞬間——奏は祐助の手を振り切り、自由になった足で立ち上がった。

荒々しく椅子をずらし、テーブルの下にいた祐助の腕をひっつかむ。祐助は強い力で引きずり出される。

さすがに少々やりすぎたかと、祐助は不安を覚えた。胸の内で燃え盛っていた怒りは、いつしか一息で吹き消せそうな蠟燭《ろうそく》の炎のように頼りないものになっていて、呆気なく彼女に押し倒されてしまう。

「よくもやってくれたわねぇ……！」

猛獣の唸り声のような低音。鋭く睨みつけてくる吊り上がった瞳。口元が微笑んでいるのが余計に怖い。

だが、奏は殴ってこなかった。プロレス技をかけてもこなかった。

自らのスカートの中に両手を差し込み、一気にずり下ろしたパンティを片方の足首に引っ掛けた状態にすると、仰向けの祐助の顔に、正面を向いて勢いよくまたがってくる。女の股ぐらが、ズンッと祐助の顔面にのしかかった。

「舐めなさい」と、奏が言う。

蹲踞《そんきょ》の姿勢で腰をくねらせ、淫蜜にまみれた肉裂を祐助の口元に擦りつけてきた。

「うぅ、うぷっ……うむっ……！」

恥丘の膨らみで鼻まで塞《ふさ》がれてしまうと、祐助は呼吸ができなくなって苦悶の呻きを漏らす。

天幕のように祐助の頭を覆っていたスカートがめくられ、奏と目が合った。

「言っておくけど、私、まだイッてないわよ」と、苛立たしげに奏は言った。「さっきは——ちょっと気持ち良くなっただけ。あんな中途半端な愛撫で女が満足すると思ったら大間違いなんだから」

彼女の女陰は濃く薫《かお》った。口を塞がれ、鼻呼吸を余儀《よぎ》なくされた祐助の鼻腔に、熱気を孕《はら》んだ潮の香りと、甘酸っぱくも刺激的な匂いが容赦なく流れ込んでくる。

奏はニヤッと笑った。「私のアソコ、くっさいでしょう？　私って、汗っかきの体質だから、匂いもかなりきつくなっちゃうのよねぇ」

亡夫とセックスする前には、必ず風呂でしっかり洗っていたという。

「でも、今はそんな気遣いしてあげない。あなたのせいでアソコが疼いてたまらないんだから――ほらぁ、さっさと舐めなさい。私がイクまで赦してあげないわよっ」

奏はさらに激しく前後に腰を振る。濡れそぼつ恥裂はよく滑り、祐助の顔の下半分は瞬《またた》く間にヌルヌルになった。

割れ目が鼻先に当たるたび、奏は「あっ……あんっ」と艶めかしい声を漏らす。

祐助は心を決めて、肉唇の溝に舌を潜り込ませた。鶏の皮を思わせるグニグニした媚肉と舌が絡み合い、それからコリッとした硬いものを見つけた。

きっとクリトリスに違いない。豆粒のようなそれに、尖らせた舌先を擦りつける。

「あううっ……い、今の、いいっ」

奏の腰から一瞬力が抜けた。

その隙に彼女の尻を両手で持ち上げて、ちょっとだけ口元が解放された。

「ふぅ……舐めろっていうなら舐めますよ。奏さんのオマ×コ、別に臭いとは思わないです。全然平気です」

確かに少々強烈な匂いだが、決して悪臭ではない。彼女の足の裏と同じだ。嗅いでいると、牡の欲情がどんどん高まっていく。

祐助は深呼吸して、彼女の恥臭を胸一杯に吸い込んだ。潮の香りを思わせる、濃厚な汗の匂い。膣口から溢れる女蜜の甘酸っぱい匂い。それに鼻の奥をツンと刺激するアンモニア臭。それらが混ざり、牡の劣情を煽り立てる牝フェロモンとなっている。

奏は瞳を大きく見開いた。「はあ……？　う、嘘よ、そんなの。強がっちゃって、馬鹿みたい。臭くないわけないでしょう。私、この匂いのせいで、初彼に振られちゃったんだからっ」

いや、奏さんが振られたのは、その乱暴な性格のせいじゃないか？　と、祐助は心の中で呟いた。

「……まあ、匂いに敏感な人だと、そういうこともあるかもしれないですけど、これがいいって男は少なくないと思いますけどね。そんなに気にすることないですよ」

「な、なによ、あなた、慰めてるつもり？　ふ、ふんっ、祐助のくせに生意気っ」

奏は、祐助の顔の上で百八十度回転して、身体の向きを変える。ひんやりとした臀丘が、祐助の頬をぴったりと包み込んだ。

「うわ、本当にオチ×チンが大きくなってるわ。祐助って、匂いフェチってやつ？　やだぁ、うちのアパートに変態が住んでるなんて……」

「変態なんかじゃないですって……お、おうっ!?」

彼女の尻に視界を塞がれていた祐助は、ズボンの股間を握られた感触に驚き、思わず腰を跳ね上げる。

サイズや硬さを確かめるように、奏の手が何度も握り込んできて、搾乳の如くカウパー腺液が搾られた。

(あ、あ、気持ちいい)

ジジジ……と、股間のファスナーが下ろされる音。次いでボタンも外され、荒々しくパンツごとズボンをずり下ろされた。勢いよく飛び出した若勃起が、ペチンと下腹を打つ。

「う、嘘っ……やだ、大きすぎっ」

ズボン越しに触っただけではわからなかったのか、奏は、祐助の巨根に唖然としている様子だった。

「昔はちっちゃなソーセージくらいだったのに、いつの間にこんなに立派に……。祐助のくせに、本当に生意気だわ。あぁん、硬くて熱い……」

屹立が握り起こされ、シコシコと手筒で擦られた。

「ううっ……か、奏さん」

「ふ……ふんっ、この程度の手コキで気持ち良くなっちゃってるの？　オチ×チンは大きくなっても、まだまだ子供ね。ふふっ、こんなにピクピクさせちゃって……先っちょの穴から、透明なお汁がどんどん溢れてくるじゃない」

じゃあ、こんなのはどうかしら？　と、奏が祐助の身体にのしかかってくる。もしかしてと、祐助は淫らな期待を膨らませ——実際、そのとおりとなった。張り詰めた亀頭に、生温かくヌルヌルしたものが擦りつけられたのだ。奏の舌だ。

「ほら、祐助もしっかり舐めなさい。私をイカせる前に出しちゃったら……ただじゃおかないわよ」

そしてペニスが、女の指よりもさらに柔らかなものにキュッと挟まれる。咥えられたのだ。舌粘膜がねっとりと亀頭に絡みつき、チュパチュパと朱唇の摩擦愛撫が始まった。

（まさか奏さんが、僕に、フェラチオするなんて……！）

顔面騎乗からシックスナインに移行したことで、女尻に着座されていた祐助の顔がようやく解放される。天幕の如きスカートをめくり上げると、部屋の灯《あか》りに照らされて、初めて彼女の秘部が、ささやかな菊穴まで目の当《あ》たりにできた。

ヌラヌラと濡れそぼつ大陰唇は、三十路《みそじ》とは思えないほど初々《ういうい》しい。褐色を帯びた夕美のそれとは違い、美しい薄紅に色づいていた。

小陰唇もそれほど発達しておらず、ビラビラは控えめ。割れ目からちょっとはみ出している程度の大きさである。こちらも鮮やかなピンク色だ。

この綺麗な女陰が強烈な淫臭を放っているのだから、なおさら劣情が煽られる。祐助は大陰唇に左右の親指を引っ掛けると、ぱっくりと開いて隅々まであからさまにした。膣口はおろか、尿道口と思われる小さな穴までも。

（エロい、エロい……ネットの画像で見るよりも、ずっと興奮する……！）

祐助は頭を持ち上げ、貪るように割れ目を舐め回す。内側だけでなく、勢い余って外側も。ヴィーナスの丘に茂る草叢《くさむら》が舌に絡まったので、母猫が仔猫の毛繕《けづくろ》いをしてあげるように、濡れた舌で左右に撫でつける。

奏のアンダーヘアは、わりと広範囲に生えていた。ただ、ビキニラインからはみ出すほどではなかったし、濃く密集しているのは中心部だけだったので、野放図に生い茂っている印象はない。大陰唇にも産毛《うぶげ》が生えている程度だった。

「んふっ、ううん……じゅぷ、じゅる、ちゅぶぶっ……んっ、んっ、んむっ！」

祐助がクンニに熱を込めると、負けじと奏も肉棒をしゃぶり立ててくる。

プルンとした分厚い唇でしごかれる感触はたまらなかった。裏筋が引き攣り、先走り汁がドクドクと溢れる。しかも、

（なんだかチ×ポがとっても熱くて、妙に敏感なような……？）

奏は、なにか特別な口技を披露《ひろう》しているわけではなかった。にもかかわらず、熟練

した夕美のフェラチオにも負けない快美感がみるみる湧き上がってくる。

鈍い疼きを覚えるほどにペニスが怒張していた。祐助は考える。これは――もしかしたら――奏さんの口の中に残っていたお酒のせいじゃないだろうか？

粘膜はアルコールなどの吸収が早いと、以前に聞いたことがあった。ペニスからアルコールを摂取したことで血行が急激に良くなり、普段以上に勃起して、さらには感度も上がったのかもしれない。

（ううっ、そろそろイッちゃいそうだ……！）

だが、奏より先に果てるわけにはいかない。祐助は花弁の合わせ目の皮を剥き、パンパンに膨らんだ肉豆を露わにして、舌先をグリッと押しつけた。

「んもっ!?　お、おううぅ」

奏の腰がブルルッと戦慄き、豊かな丸尻が上下に波打つ。

膣穴からどっと恥蜜が溢れ出てきた。祐助は唇を窄めて女壺の口に押し当て、子宮まで吸い出す勢いでジュルルルッと吸引する。

仄かな甘さと酸味の混ざった愛液をたっぷり喉に流し込み、それから舌を膣穴に潜り込ませ、出し入れしては、女の内側を直に味わう。

「おほおぅ、うふーっ！　んぐっ、ふぐっ、ちょっ……ゆ、祐助、あなた上手すぎっ……ひぃぃん、ウゥ、ウーッ！」

祐助は膣穴からクリトリスへ狙いを戻し、舌を高速で蠢かせて、張り詰めた肉真珠を転がしまくった。そしてこちらも同じように、頬が凹むほどに吸い立てた。奏はとうとうペニスを吐き出してしまう。

戦慄く女腰が逃げるようにずり上がった。しかし祐助はすかさず彼女の腰を鷲づかみにし、逃がすものかと引きずり戻す。

弾力豊かな双臀に顔面を押しつけ、獲物に食らいついた獣の如く首を振り回し、舐めて、吸って、容赦ないクリ責めを加え続けた。

すると、ついに奏が全身を打ち震わせ、断末魔の嬌声を上げる。

「んひぃぃ、もうダメ、イッちゃう、イッちゃう！　アアアーッ!!」

溺れる者は藁《わら》をもつかむとばかりに、奏は肉棒をギューッと握り締めた。元テニス部だっただけあり、グリップを握る力はかなりのもので、祐助は痛みを孕んだ快美感に奥歯を噛む。

やがて奏の手から力が抜けていくと、祐助は勝ち誇った気分で声をかけた。

「言われたとおり、奏さんを先にイカせましたよ？」

「ううっ……わ……わかってるわよっ」

悔しそうに唸ると、奏はフェラチオを再開した。仕返しとばかりに力強いバキュームでペニスを責め、下品で淫らな音を響かせて猛烈に首を振る。

「ああっ、いいです、気持ちいいですよ。僕、もうイッちゃいそうです」

「くっ、むぐっ、じゅぷぷっ……んぼっ、むぼっ、ちゅぼっ、ずぼぼっ！」

「でも、チ×ポの根元を手でしごいてくれたら、もっと早くイキますよ？」

「うむむ……むぢゅ、ちゅぶっ、じゅぽっ！」

奏は苛立たしげに唸ったが、それでも三本指の輪っかで幹をしごいてくれた。

少々やけくそ気味の口淫と手コキだったが、ペニスはみるみる追い詰められていく。

下腹の奥がジンジンと痺れる。前立腺の甘美な倦怠感《けんたいかん》に酔いしれながら、祐助はついに射精のときを迎えた。

「あ……ああっ……で、で、出るっ、くううっ!!」

腰を突き上げ、彼女の喉の奥深くに、大量の樹液をほとばしらせる。

「うぐぅ!?　む、むぐぐっ」

奏は苦悶の呻き声を漏らすが、それでもしっかりとペニスを咥え続け、ザーメンを一滴もこぼさなかった。

「ううっ……ん……んぐ、んぐ、ごくっ」

射精は長々と続き、やがて奏は、喉を鳴らして牡の濃厚エキスを飲み下していく。彼女が飲み込むたび、じっとりと汗に濡れた艶尻《つやじり》が悩ましげに戦慄き、蠢く膣穴からトロリ、トロリと、愛液が滴《したた》っていった。

3

「祐助！　あなた、なに勝手に口の中に出してるのよっ。仕方ないから全部飲んじゃったじゃないっ」

祐助の上からどいて、奏が腹立たしげに睨みつけてきた。

が、祐助の股間を一瞥し、今なおフル勃起状態のペニスを認めると、

「あ、呆れたわ」と、眉をひそめる。「あんなにいっぱい出したのに、全然小さくならないなんて、あなた、どれだけ性欲溜めてるのよ。それとも、私のフェラチオじゃ満足できなかったって言うの？」

祐助は苦笑いを浮かべた。奏と相対しても、これまでのような不安や気後《きおく》れはもうなかった。初クンニにもかかわらず、自分は彼女をイカせることができたのだから。

「もちろん、とっても気持ち良かったですよ。でも、一回出したくらいでは、満足っ

てほどじゃないです。奏さんは？　僕のクンニでもう満足ですか？」

「なっ……あ、あの程度のクンニで、私が満足するわけないでしょ！　わかったわ、じゃあ徹底的にやってもらおうじゃない。脱ぎなさいっ」

奏は立ち上がって、ダイニングテーブルの上のグラスをつかみ、半分近く残っていたものを一気に飲み干した。酒の力で意を決したように、足首に引っ掛けていたパンティを、そしてスカートを取り去り、ブラウスのボタンも外していく。

祐助は素早く全裸になって、肌を露わにしていく奏をじっくりと眺めた。

学生時代にテニスをやっていた奏は、今でも身体を動かすことが好きで、毎朝のランニングを欠かしていないという。適度に引き締まった女体は、健康的な美に満ちていた。肌も十代のようにつややかだ。

祐助が子供の頃、一緒に風呂に入ったときにこっそり見たこともあったが、

(あの頃と、そんなに変わってないな……)

腰や尻は、さすがに昔とは違い、大人の女らしく豊かに実っている。

だが、ウエストは充分にくびれているし、双丘はキュッと持ち上がっていて、太腿との境界線もはっきりしていた。まさにアスリート体型だ。

ただ、一箇所だけ、健全な美しさとはいいがたい部分がある。

いわずもがな、その大きすぎる胸だ。祐助に背を向けた奏が、しなやかに背中を反らし、両腕を後ろに回して、ブラジャーのホックを外した。

肩のストラップを外し、他の衣服と一緒に椅子の上に置くと、ゆっくり振り返る。

「うわっ」と、祐助は声を上げずにはいられなかった。

久しぶりに見た生の爆乳は、子供の頃の記憶を塗り替えるほどの衝撃をもたらす。

片方だけで顔より優に大きい肉房が、いかにも重たそうにゆらゆらと揺れていた。

昔見たときよりも大きく感じられて、祐助は思わず尋ねてしまう。

「Iカップ……ですよね？」

「はあ？　な、なに言ってるの。違うわよ」

奏は、恥ずかしげに目を逸《そ》らして呟いた。「……Jカップよ」

どうやら、祐助が子供の頃にブラジャーのタグを見たときより、さらに一段サイズアップしたようだ。しかし、これほどの爆乳でありながら、形はほとんど崩れていなかった。丸々と膨らんでいて、乳首も上向きである。

(……オッパイが大きいだけあって、乳首も大きいな)

じっと観察していると、奏は頬を赤くし、両手で胸元を隠してしまった。

「バカ……そんなに見ないで」

「あ……す、すみません」

さっきは自ら祐助の顔面に性器を押しつけてきたというのに、あれは怒りで羞恥心《しゅうちしん》を忘れていただけだったのだろうか？

少女のように恥じらう彼女に、祐助の方までなんだかドキドキしてくる。

二人とも生まれたままの姿になると、寝室へ移動した。そこはかつての奏の自室で、当時は学習机があった一角に、今はドレッサーや姿見が置かれている。壁中に貼られていたお気に入りのハリウッド俳優のポスターもすべて剝《は》がされていた。

床はフローリングで、窓際にダブルベッドがある。きっと結婚したときに買ったのだろう。彼女はこのベッドで、毎夜、亡き夫と交わっていたに違いない。

（夫婦の寝室、夫婦のベッドで、僕はこれから奏さんと……）

奏はベッドの足の側にダウンケットを折りたたむと、仰向けに横たわって、おずおずとコンパスをM字に開いた。

「ほら……来て、祐助」

「は、はい」

女陰は溝からこぼれるほどの恥蜜をたたえており、男根は下腹に張りつかんばかりに鎌首《かまくび》をもたげていた。祐助はベッドに上がって膝をつき、彼女の股ぐらに向かってにじり寄った。

「一人で、ちゃんと入れられる？」

「だ、大丈夫ですよ」

先ほどのクンニで穴の位置はしっかり把握《はあく》している。祐助はペニスの根元を握り、穂先を秘唇にあてがった。

割れ目をなぞるように上下させ、女蜜でへばりついた二枚の花弁を掻き分け、亀頭にぬめりを絡みつけてから肉の窪みにフィットさせる。彼女の内なる熱がじんわりと伝わってきた。

二度ほど深呼吸してから、思い切って腰を押し込む――

が、思った以上の抵抗があった。夕美としたときは、これくらいの力を込めれば挿入できていたはず、と怪訝に思いながら、さらに圧力をかける。

と、奏が深く息を吐き出し、その瞬間、膣口がふっと緩んだ。途端に肉棒が、一気に半分ほど呑み込まれる。

「あっ、あううぅ、おっきいっ……！」

奏がビクンと仰け反った。その直後、膣口の緩みがなくなり、祐助もたまらず呻き声を上げる。

「おおぅ!?　し、締まるウゥ」

想像以上の強い膣圧がペニスを襲ったのだ。祐助はしばらく動けなくなる。

(奏さん、運動好きで、今でもいろいろ鍛《きた》えてるらしいけど……)

股ぐらにある、膣圧に関する筋肉も鍛えられているのだろうか。引き締まった膣壁がギュウギュウと肉棒を圧迫してきた。

先ほどのクンニでたっぷりと潤っていたからか、なんとか抽送を始められる。それでも目を見張るような摩擦快感で、ペニスは火がついたように熱くなった。

(ヤバイ、なんて気持ち良さだ……!)

夕美の熟壺は、優しく甘やかしてくれるような嵌め心地だったが、奏の方は実に厳しい。締まりの力強さだけにとどまらず、尖った感触の肉襞が、亀頭や裏筋といった敏感な部分をヤスリの如く擦り立ててくるのだ。

(こんなに気持ちいいと、二回目でもすぐにイッちゃいそうだ……)

一番奥まで差し込んでも、ペニスの根元にはまだ三センチ近くの余りがあった。

祐助は緩やかなピストンを心がけ、夕美に教わった女の急所——膣路の奥にあるポルチオを軽く小突いていく。

先日の初セックス以来、ネットのエロ動画やＡＶを観ながら、腰の振り方を練習していたのだった。まだぎこちなさはあるが、それでも奏は感じているようだ。

「あ、あぁぁ、そんなふうに奥をトントンされると……こ、腰が、んあぁぁあ、痺れちゃう……！」

悩ましげに媚声を震わせ、下半身を、まるで別の生き物のように蠢かせた。

「そんなに気持ちいいですか？　僕のチ×ポ」

「くうっ……ち、違うわ、これは……久しぶりの、六年ぶりのセックスだから……そうじゃなかったら、こんな童貞丸出しの腰使いで私が……は、はふぅんっ」

祐助は童貞ではなかったが、そのように言われてムッとした。

「ふぅん、そうですか……。じゃあ、どうしたら奏さんがもっと気持ち良くなるのか、僕に、教えてくださいよ。こう、ですか？」

嵌め腰のストロークを少し大きくし、膣底を打つ瞬間、グッと腰に力を入れて加速させる。ポルチオ肉に亀頭が軽く食い込んだ。

「ううーっ……ま、まあまあ、ね……でも……お、おぉうっ」

「でも、なんですか？　ほら、ほら……おらっ」

「ひぐっ、うぅうっ……ゆ、祐助のくせにィ……！」

奏が睨んでくる。だが、その瞳にいつもの迫力はなかった。

わなわなと唇を震わせて、彼女は途切れ途切れの声を絞り出す。

「じゃ、じゃあ……キ……キス、しなさいよっ」

「え……キス、ですか？」

「勘違いしないで……私、セックスしながら、キス、すると……す、凄く感じちゃうのっ。それだけ、なんだからっ」

火照っていた奏の頬が、ますます赤みを増した。

祐助は、十歳も年上の彼女を、なんだかとても可愛く感じる。密かに胸を高鳴らせて女体に覆い被さると、奏も頭を持ち上げて唇を迎えた。どちらともなく、そっと目を閉じる。

上と下で同時に交わった。祐助は絶えずピストンを繰り返しながら、ぽってりとした下唇を何度もついばみ、それから舌を潜り込ませて、彼女と絡み合った。

「んふぅ、んむっ、ぢゅるっ……ああっ、す、凄くイイッ、もっとおぉ」

アルコールを含んだ甘ったるい呼気が、祐助の理性を蕩けさせていく。

恋心がまたも高まっていった。だが、残された理性がそれを抑え込もうとする。

（……忘れたのか？　奏さんは、僕のことを好きなわけじゃないんだ）

最初のキスの後、奏は冷たく祐助を追い払おうとした。

（ときめいたのは僕だけ。奏さんにとって僕は一人の男ではなく、一ミリも恋愛対象にならない、ただの顔馴染みのお子様なんだ）

今だって、キスをするのは——セックスが気持ち良くなるから。さっき、そう言われたばかりではないか。

それでも、自分とは、男とは、なんて馬鹿な生き物だろう。

唇を交わし、身体で繋がり、悦びに浸《ひた》る彼女の幸せそうな顔を見ていると、胸の高鳴りが抑えられなくなる。愛《いと》おしいという気持ちが止まらなくなる。

切なさに耐えきれず、祐助はキスをやめて身体を起こした。

不満そうに奏が唇を尖らせる。「あん……なによぉ……んんっ……もっと続けても、良かったのにぃ」

彼女の胸元では、仰向けになってもなお見事な丸みを保っている重量級の双乳が、ピストンの振動を受けてタプンタプンと上下に揺らめいていた。

肉丘の頂上には、爆乳にふさわしい大きな乳首が息衝《いきづ》いている。濃く鮮やかなピンクの、揺れ動く残像——。

「やだ、あぁん……だから、そんなに見ないでって、言ったじゃない」

祐助の視線に気づいた奏が、両手で乳房を覆ってしまった。

だが祐助は、奏の掌を押しのけるように、強引に双乳を鷲づかみにした。胸の内にある複雑な思いをぶつけるように、荒々しく揉みしだく。

下乳だけでも指の間からこぼれそうになる、圧倒的な肉量。その感触は実に柔らかで、しかし指を食い込ませると、モチモチとした心地良い弾力の芯が感じられた。

指の股に乳首を挟むようにして揉み込むと、すぐさま硬く充血し、奏も前髪を振り乱して悶える。

「やうぅ、あん、あぁん、乳首が……ああっ、感じちゃう」

「気持ちいいんでしょう？　だったら、なんで隠そうとするんですか？」

「だってぇ……にゅ……乳輪、恥ずかしいんだもの」

またも乳丘を掌で覆おうとする奏。そうはさせまいと、祐助は彼女の手首をつかんだ。そしてまじまじと観察する。

乳首を取り囲むピンクの円は、可愛らしくぷっくりと膨らんでいた。こういう乳輪をパフィーニップルというのだと、どこかで聞いたことがある。

（オマ×コの匂いとか、乳輪とか……奏さんって、実は結構コンプレックスが強い人なのかな）

彼女の意外な一面を見れた気がした。普段の強気な態度は、もしかしたらそういう劣等感の裏返しなのかもしれない。

祐助は、円を描くように指先で乳輪をなぞったり、その膨らみを二本指でつまんでムニュムニュと揉んでみたりした。

すると奏は、乳首をいじられたときに負けない反応でくねくねと身をよじり、熱く湿った嬌声を漏らす。

「いやぁん、それ、ムズムズしちゃうのっ……ひ、ひいっ、ううう っ」

「乳輪も、とっても感じるんですね。もしかして、自分でいじりすぎたせいで、こんなふうに膨らんじゃったんじゃないですか？」

「ち、違うわ、そんなに、いじってないっ……はうぅ、食べちゃダメぇ……！」

マカロンを二つに割ったみたいな膨らみを、祐助は丸ごとパクッと咥え込み、前歯を当てて甘噛みを施した。同時に乳首も舌でねぶりまくる。

「んひっ、イイッ……！　そ、それ、気持ちいいけど……噛んだりされたら、ほんとに乳輪が大きくなっちゃうっ……ダメ、ああっ、アソコも感じるウウッ」

快感のあまりか、奏の抵抗に普段の力はなかった。祐助は彼女の手を抑え込みながら、もう片方の乳首と乳輪も存分に味わう。もちろん嵌め腰も続行中だ。

「ぷふぅ……乳輪からも、海の匂いがしますね。ここも結構、汗をかくんですか？」

「バ、バカッ……知らないわっ」耳まで赤くする奏。

祐助は、彼女の手首をつかんだまま上に引っ張る。開いた腋《わき》の下に鼻先を突っ込み、そこに溜まった恥臭を胸一杯に吸い込んだ。濃厚な潮の香りと、悩ましく鼻を衝く刺激臭が、頭の中心をジーンと痺れさせる。

「う、ううん……やっぱり同じ匂いです。これ、汗の匂いですよ」

「バカ、バカッ、この変態っ……あ、ひっ、信じられない、オチ×チンが……!?」

強烈な牝フェロモンのせいで肉棒がさらに一回り膨張し、力強い締めつけの膣路をメリメリと押し広げた。

「うぐ、ぐっ……チ×ポが、弾《はじ》けそう……アアァ」

ますます強まる摩擦快感に、射精のときが迫ってくる。祐助は奥歯を噛み締め、それでも構わず腰を振るった。ギッシ、ギッシと、ダブルベッドが軋《きし》みだす。

亀頭の拳でポルチオを抉り、雁エラの出っ張りで膣襞を削りまくった。

「ん、んおぉ、凄い、まるで……あ、あぁ、腕を突っ込まれてるみたいっ……こんな、こんなの、おっ、おっ、おほおォウッ！　ウウーッ！」

獣の如き唸り声で、奏は悶え狂った。

「奏さん、そんなに大声出したら、隣の一号室まで、聞こえちゃいますよ」

「だって……んあぁ、だって私……！　感じると、どうしても……こ、声が出ちゃう質《たち》なんだものっ……んんぅ、い、ひっ！」

美貌を仰け反らせ、白い歯を力一杯に食い縛る奏。朱唇の端からダラリと唾液がこぼれ落ちる。

「ゆ、祐助、お願い……手を、放して……口を、ね、塞がせてっ……ふぎっ、む、むぐうぅ……！」

快楽に乱れながらも必死に声を抑えようとする、悩ましげなその有様——たまらず祐助は牡の劣情をたぎらせた。散々酷い目に遭わされてきた仕返しの気持ちもあって、もっと彼女を困らせたくなる。

(奏さんのエロい声が、アパート中に聞こえちゃえばいいんだ)

身体を起こして正常位の最初の体勢に戻ると、彼女の手首を素早く持ち替え、両腕を交差させる。

そして手綱《たづな》の如く引っ張り、ピストンを轟かせた。左右の二の腕に挟まれた爆乳が、よりボリューム感を増して上下に躍りまくる。

「イヤァ、意地悪しないで！　もうすぐイッちゃうから。イクとき、凄い声出しちゃうから……お、うっ！　ふぅ、ううゥウン！」

涙目で懇願されるが、祐助は無慈悲に首を振った。

「奏さんだって、これまで、僕に、いっぱい意地悪してきたでしょう！　今さら、なに言ってるんですかっ！」

「ごめんなさい、謝るからっ……わ、悪気は、なかったのぉ……んほぉおっ……イッ、イッ、ふひーっ！」

「悪気がなければ赦されると思ったら……大間違いですよ！　ほら、ほらっ、イッちゃえッ！」

こんなふうに立場が逆転する日が来るとは夢にも思っていなかった。

今まで自分の中に眠っていた嗜虐心《しぎやくしん》が溢れ出し、祐助は我を忘れそうになる。

ジュブッジュブッ、ヌチョッヌチョッ――夢中で膣底を滅多刺しにしているうち、射精の兆《きざ》しをすっかり見逃していた。気づいたときには限界を超え、固く持ち上がった陰嚢がギュギューッと痙攣する。

「あっ!?　ああっ、ウグウゥーッ!!」

煮えたぎる白いマグマが尿道を焦《こ》がして噴き出した。

電気ショックのような射精の悦《えつ》に、腰がガクガクと暴れ狂う。それでも気力を振り絞り、樹液を吐き出し続けるペニスで、なおもピストンを敢行した。

「あぁーっ、熱いのが、い、いっぱい出てるぅ！　お腹の中で、グッチョグチョに掻き混ぜられてっ……ひぃぃ、イクッ、イクッ、イッグウゥーッ!!」

奏の口から、寝室の壁を震わせるほどの絶叫がほとばしる。

彼女はブリッジをするかの如く背中を反らし、右に左に身をよじってのたうった。膣圧は最高潮となり、そのうえ肉路が左右にねじれ、まるで雑巾絞りのようにペニスを締め上げてくる。

「うぐっ……くっ……くおおぉ……！」

尿道内の残滓《ざんし》の一滴まで搾り尽くされた祐助は、めまいを覚えて倒れ込みそうになった。

だが、ベッドのマットレスに両手を突っ張り、ゼエゼエと喘ぎながら持ちこたえる。額を流れ、眉毛に溜まった大量の汗を手の甲で拭《ぬぐ》い取り、心の中で己を叱咤《しった》した。まだだ、まだ終わりじゃない！

オルガスムスの名残なのか、未だ膣路は脈打つようにうねっていた。

その密やかな動きだけで、若茎は萎《な》える暇もなく怒張を維持している。祐助は彼女の両足をつかんで持ち上げ、土踏まずをねぶりつけた。

「ひぃぃんっ!?」ぐったりしていた女体がビクッと跳ねる。

「さあ――次はどんな体位がいいですか、奏さん？」

「ま、まだするつもり？　信じられない」奏は呆れた顔で祐助を見上げた。「もういいわ。私はもう、充分よぉ……」

「そうですか。でも僕はまだ満足してないので、悪いけど続けさせてもらいますね」

祐助はいったん結合を解き、奏の身体を転がしてうつぶせにする。そして彼女の腰を持ち上げ、強引に四つん這いの体勢にさせた。

「ほら、腕はいいですから、膝だけでもちゃんと立ててください」

「あぁ……うう、わかったわよぉ」

久しぶりのセックスで精も根も尽きたのか、奏は祐助のなすがままだった。

今や主導権は完全に祐助の手にある。奏はこちらの言うとおりの姿勢を保ち、躊躇いながらも股ぐらを開いた。

割れ目の奥の壺口から、注いだばかりの樹液がドロッとこぼれそうになった。しかし、その前に祐助が剛直を挿入して栓《せん》をする。

彼女の腰をつかんで、ピストンを始めた。最初に嵌めたばかりの頃は少々硬い感じだった膣壁も、今ではだいぶほぐれてきて、よりスムーズな抽送ができるようになっている。

パンッパンッパンッと、濡れ光る女尻に腰を叩きつけた。膣壁が柔らかくなったことで、根元が余っていたペニスもすべて嵌められるようになり、乾いた打擲音が寝室に鳴り響いた。

「ひ、ひっ、んっ……あぁ、さっきより、もっと……もっと深いところまで来てるわぁ……くふぅ、お腹の奥がビリビリするウゥ……あぁん、あうぅん……！」

もう充分と言っていた奏も、新たな肉悦を打ち込まれれば、はしたない媚声でまたも悶え始めた。

(僕のことが好きなわけじゃないのに……チ×ポを嵌めてくれるなら誰でもいいんだな。いやらしい人だ)

プリプリとしたゴム鞠《まり》のような尻肉に勢いよく腰を弾《はず》ませ、さらに大きなストロークで、助平《すけべえ》な未亡人の牝穴をこれでもかと責め立てる。

「ひぎっ、イイィ、は、激しすぎっ……そんなにされたら私、またイク、イッちゃうわ……！　ああっ、ほんとにすぐイッちゃううぅうッ！」

男と違い、女は、イケばイクほど絶頂の愉悦が甘美になり、次に達するまでの間隔も短くなる――そんな話を以前、祐助は聞いたことがあった。

(……どうやら、本当だったみたいだ)

力尽きたようにぐったりしていた奏が、尻だけを持ち上げた破廉恥《はれんち》な格好で、とうとう自らも腰を振りだした。二人の動きが合わさり、肉棒が激しく膣路を往復する。掻き出された男女の混合液が、割れ目からボタボタと滴ってシーツを汚していった。

「ふっ、ふっ、ううっ」蜜肉を抉りながら、祐助は尋ねる。「あぁ、いやらしい液がオマ×コから溢れて、ベッドに垂れまくってますよ？　いいんですか？」

「ダ、ダメぇぇ……マットレスに浸みちゃったら、後始末が大変だからっ」

「じゃあ、いったんやめて、拭《ふ》きますか？」

祐助は嵌め腰をストップさせた。女壺にストレスをかけるように、じりじりと肉棒を引き抜いていく。

「ア、アッ……ううぅ……い、いやぁ、やめないでっ！」

切なげに背中をよじると、奏は腰を後ろに突き出した。それはすがりつくようでもあり、獲物に食らいつくようでもあり——逃げるペニスを再び膣穴に咥え込む。臀丘が祐助の腰にぶつかり、ブルンッと波打つ。

そして奏は前後に腰を振り、未亡人にあるまじき浅ましさで肉悦を求めた。

「もう少しで、またイキそうなの！　さっきより凄いのが来てる感じなのぉ！　だから、祐助も……おおっ、オチ×チン、ズボズボしてエェン！」

どうやらベッドが汚れることよりも、さらなるアクメの悦びを優先したようである。

性欲に支配された奏を見下しながら、祐助も荒々しく嵌め腰を使った。

ただ、肉の摩擦が激しくなれば、当然、性感はこちらにも跳ね返ってくる。

しかも膣壁の柔軟性が上がったことで、始めたばかりのときより、蜜肉がペニスに吸いついてくるようになった。

（こ……これじゃあ僕も……！）

二度、射精したにもかかわらず、早くも三度目の兆しがちらついた。

しかし、せっかく主導権を握ったのに、弱みを見せるわけにはいかない。力一杯、肛門を締め上げ、嵌めれば嵌めるほど旨味を増す肉壺に挑み続ける。

女尻が赤くなるほど嵌め腰を叩きつけては、喘ぎ声の止まらない彼女を、ペニスと共に、言葉でも責めた。

「はっ、ふっ……ハハッ……奏さん、もう全然、声を我慢できてないですよね？　絶対、一号室の人に聞こえてますよ」

隣の一号室の住人は、確か二十代後半の青年だった。会社勤めの男だったと記憶している。もう二十一時を過ぎているので、帰宅していてもおかしくない。

「今頃……奏さんのエロい声を聞いて、オナってるんじゃないですか？」

「ああっ、いやいや、そんな、言わないでっ……ふむっ、ウウウーッ‼」

奏は、枕を抱えて顔に押しつけた。喘ぎ声はますます苦しげになり、それが祐助の嗜虐心を余計に掻き立てる。

ペニスの角度を様々に変えて、やんちゃな子供がオモチャを乱暴に扱《あつか》うように、膣内の壁という壁を滅茶苦茶に擦り倒した。

すると、女体が狂おしげに痙攣し、奏は枕に向かって苦悶の嬌声を上げる。

牡の本能が働き、祐助はすかさず同じ場所を肉棒で擦ってみた。

「ンンッ、ンモォオッ……フグウーッ！」ついに奏は、我慢できないとばかりに枕から顔を離す。「ダ、ダメぇ！　そこ、当たってるんだってばぁ！」

祐助はピンときた。ポルチオ以外の膣穴の急所——

かの有名なGスポットである。確か夕美も、喘ぎ声の中にその名を挙げていた。

(ここか……⁉)

上半身をやや前のめりにし、ペニスの穂先が膣路の天井側に押し当たるようにする。

そして浅めの挿入で、狙いの場所を執拗に責め立てた。肉襞が他の場所より細かく、ザラザラしているのが目印だ。

「イヤッ、イヤァア！　ほんとにっ……そこは、ダメなのォ！」

「でも、気持ちいいんでしょう？　ほらほらっ！」

「ああっ、だから……ひっ……ンギィーッ！」

小刻みなピストンを加速させると、奏は狂おしげに頭を振り回した。

一つ結びの束がほつれて、汗まみれの背中に、扇の形にべったりと髪の毛が張りついていく。その有様《ありさま》はゾクッとするほど凄艶だった。

祐助はゴクリと唾を飲み込む。いつしかペニスは限界間際まで追い詰められていた。

酸欠状態のように視界がチカチカする。それでも懸命に腰を振り、極限まで硬く張り詰めた亀頭でGの急所を削り続けた。

が、猫の舌のようなザラザラした感触に裏筋を擦られ、

（だ……駄目だ、もう……！）

藁をもつかむ気持ちで、片手を彼女の股間に潜り込ませ、肉裂の上端を指で探る。

硬くしこった肉粒を見つけるや、二本の指でグリッと押し潰した。

その途端、女体が宙に跳ね上がる。

「ふ、ふんぎぃ！　イクイッ……グウウゥ!!　あああ、出ちゃウーッ!!」

直後、熱いほとばしりが、凝り固まった陰嚢に勢いよく当たった。

「ああっ、ダメ、ダメッ、見ないでぇ！　いやあぁん、止まらないイィ！」

えっ？　と、祐助は驚く。一瞬、彼女がオシッコを漏らしたのかと思った。だが、別の可能性もある。女が絶頂するときに液体を噴き出す――いわゆる潮吹《しおふ》きというやつだ。しかし、それ以上考える余裕はなかった。

アクメを迎えた膣路は、またもねじれて肉棒を絞り込む。脈打つようにペニスを締め上げるたび、右に左に、その向きは変わった。

「うわあぁ！　いっ、いいっ、イクううッ!!」

激悦が雷の如く背筋を駆け抜け、祐助は絶頂の雄叫《おたけ》びを――いや、悲鳴を上げる。

ビュビューーッ、ビュルルルッ、ビュビュッビュウウーッ！

最後の力で彼女の腰をがっちりつかむと、肉棒を押し込み、子宮の入り口に亀頭をめり込ませて、ジェット噴射の如く樹液を吹き出した。

「あぁ、あうーっ、あ、あたっ……当たってるウゥ。オシッコみたいな勢いで、んおっ、オマ×コの奥に……おほおぉ、イグ、イグうぅ……！」

駄目押しの絶頂感で、未亡人の尻肉がビクンビクンと歓喜に打ち震える。

祐助は、射精の発作が治まってもしばらく動けなかった。

奏とのセックスは、息の詰まるような気持ち良さで、快感と引き換えに体力をごっそり奪われたような感じがする。荒らぐ呼吸に肩を揺らしつつ、目元にまで流れ込んできた大粒の汗を手で拭った。

(……疲れた……けど……滅茶苦茶良かった)

彼女の腰から手を放し、後ろによろけるようにペニスを引き抜く。

すると、肉柱の支えを失った女体が、両膝を左右にズルズルと滑らせて崩れ落ちていった。大股開きの蛙のような格好で、ベッドに倒れ伏す。

あられもなく広げられた股間、透明な液体に濡れそぼつ恥裂。

祐助が鼻先を近づけてみても、アンモニアの刺激臭はまるで感じられなかった。

やっぱり潮吹きだったんだろうな。そう思った矢先、巨根の名残でぽっかりと開いたままの膣穴が、口寂《くちさび》しげに蠢く。

ゴポッ、ゴポッと下品な音を立てて、泡混じりの白蜜が溢れ出した。

4

その晩、祐助はなかなか寝つけなかった。

潮まで噴かせて、年上の幼馴染みを屈服させた——その興奮が鎮まってくると、困惑の感情が曇天の如く胸の内を覆った。

奏とのセックスを思い返すと、欲情だけでなく、彼女のことを好きだという気持ちが、またしても湧き上がってくる。

この気持ちはやはり恋なのか？　それとも、ただの性欲なのか？

（自分でもわからない……）

そもそも、本当に恋愛感情だったとしても、

（奏さんは、僕のことなんて男として見ていないのに。なんとも思ってないから、その場の勢いでセックスまでできちゃったんだろう）

揺れる豊乳、躍る艶尻。彼女の乱れ姿を脳裏に浮かべれば、布団の中でムクムクと陰茎が充血してくる。自分でも呆れるほどの回復力だ。

だが、オナニーをする気分にはなれなかった。

暗闇の中で悶々としながら、眠気が訪れるのを待ち続けた。

翌日――土曜日は一限目の講義しか履修登録していないので、それが終われば自由の身となる。さりとてアパートにすぐ帰る気にもなれず、大学構内のカフェでダラダラと時間を潰し、その後、学食で昼食を食べてから帰宅した。

こんな悩ましい気持ちを抱えたまま、奏と顔を合わせたくないと思う。

しかし、運の悪いことに、祐助は奏と鉢合わせてしまった。アパートを囲う柵には

いくつもプランターが引っ掛けられていて、彼女はローズマリーやカモミールといったハーブ、そして屋外でも育てられる観葉植物のアイビーなどの世話をしていたのである。

「……ただいまです」

通り過ぎながら、おずおずと挨拶した。

すると彼女も、伏し目がちに応える。

「お……おかえり」

いつもなら、「今日もしっかり勉強してきた？」「土曜日だっていうのに、一緒に遊ぶガールフレンドの一人もいないの？」などと絡んでくる奏が、今日は一言発しただけで黙ってしまった。

気まずい空気が、重くのしかかってくる——。

祐助はつい足早になって外階段を上がっていく。カンカンカン。鉄骨階段が、甲高い音を響かせた。

自室である二階の五号室に飛び込み、玄関のドアを閉めると、祐助は深い息を吐き出した。奏とあんな雰囲気になったのは初めてだった。

昨夜のことが原因だろうか？　しかし、祐助の唇を奪ったのも、セックスをしようと言いだしたのも、彼女の方ではないか。
情欲のままにただの顔馴染みと交わったことを、今さら恥じているのだろうか？
後悔しているのだろうか？
祐助はがっくりと肩を落とした。

第三章　淫女は夜に訪ねる

1

それから五日ほど経《た》っても、祐助の憂鬱《ゆううつ》は続いた。

奏と顔を合わせると、相変わらず空気が重たくなる。困惑した様子でうつむいてしまう彼女を見ると、立ち止まって会話をするような勇気は湧かず、頭をちょっと下げて一言挨拶するのが精一杯だった。

これなら、あれこれと雑用を押しつけられたり、ヘタレ草食だ童貞だとからかわれていた方がましだったんじゃないかと思えた。

(少なくとも、以前の奏さんは、笑っていたもんな……)

二匹の獣と化し、交尾に夢中になったあの日以来、祐助は彼女の笑顔を見ていない。

それがこんなに寂《さみ》しいとは想像だにしなかった。

好きなゲームで遊ぶ気にもなれず、夕食後につまらないテレビ番組をダラダラと見続けてしまう。

時計の針が十一時に迫るのを見て、ようやくテレビの電源をオフにした。水音が他の住人の迷惑になるので、零時までに風呂を済ませるのがここの決まりだった。

着替えの下着を用意し、服を脱ごうとしたとき——部屋のチャイムが鳴る。

(なんだ……こんな時間に、誰だろう)

まさか!?　祐助はハッとした。急いで玄関に向かい、ドアスコープを覗き込む。

しかし、そこにいたのは奏ではなかった。

怪訝に思いながらドアを開けると、ネグリジェの上にカーディガンを羽織った夕美が、祐助を見てにっこりと笑う。

「な、なんでしょう……?」と尋ねる祐助に、夕美はいきなり擦り寄ってきた。そのまま玄関の中に入ってきて、勝手にドアまで閉めてしまう。

「ねぇ、祐助くぅん……寂しい年増《としま》女を慰めてちょうだい」

艶《なまめ》かしく頬を赤らめ、しなを作っておねだりしてくる夕美。

「私ね、寝る前によく映画を観るんだけど、今日のは大人の恋愛もので、観ていたら……なんだかムラムラしてきちゃったのよ」

小学生の娘はもう寝ており、夕美はトイレでこっそりオナニーをしたのだそうだ。

しかし、完熟期の真っ只中にある女体には、指マンでのアクメなど逆効果。余計に性欲が燃え上がってしまったという。

「もう身体中が切なくって、このままじゃ寝られないわぁ。だからお願い、祐助くん、この間みたいに気持ち良くしてほしいの」

「い……今からですか？　僕、風呂に入ろうとしてたんですけど……」

「あら、そうなの？　じゃあ、一緒に入りましょうよ」

そう言って夕美は、肩に掛けていたカーディガンを早速外す。

「い、いやいや……夕美さん、寝巻き姿ってことは、もう風呂には入ったんじゃないですか？」

「いいじゃない、何度入ったって。祐助くんの身体、綺麗に洗ってあげるわぁ。うふふっ、男の子の身体を洗うなんて初めてよ」

今宵の夕美はよほど発情しているのか、どうあっても蜜戯に及びたいようだった。

ピンクのネグリジェは、男を盛《さか》らせるための勝負寝巻きか。スケスケの薄い生地は、その内側にある女体をまるで隠せていなかった。安産型の豊満な腰つきから、巨乳の頂きにある褐色の突起まで、しっかりと透《す》けている。

しかも視線を下ろすと——女の三角地帯を飾る黒い茂みまでうかがえた。

「夕美さん、下着をつけないで来たんですか……!?」

祐助は呆気に取られた。二階の外廊下は細い柵があるだけなので、アパートの前を誰かが通りかかれば、この破廉恥な姿が丸見えである。

あるいは、二階にあるもう一つの部屋——四号室の住人が急に出てくるという可能性もないとはいえない。そうなったら間違いなく夕美の痴態に気づくだろう。

「だって、オマ×コが濡れ濡れになっちゃったから……お風呂から上がって穿き替えたばかりのパンティを汚したくなかったのよ。それでね、だったらブラも外しちゃえって思ったの」

幸い、誰かにこの格好を見られることはなかったそうだ。

「まあ、一応はカーディガンで隠しているから大丈夫だと思ったけれど……うふっ、結構ドキドキしちゃったわぁ」

美熟女の夕美が、悪戯好きの少女のように笑う。

釣られて、祐助もクスッと笑ってしまった。なんて無茶をする人なんだろうと呆れながらも、そんな彼女が妙に可愛く思える。

塞《ふさ》いでいた気分が紛《まぎ》れると、しばらく忘れていた情欲が湧き上がってきた。あられもない姿の人妻を、上から下まで舐めるように眺める。

(いつもこんなエッチな格好で寝てるのか？　それとも……僕のために？)

丈《たけ》の長いキャミソールのようなそれは、もはやセクシーランジェリーの類《たぐ》い。ベビードールというやつかもしれない。

さながらピンクの靄《もや》に包まれたような爛熟ボディが、乱雑に靴が脱ぎ捨てられ、砂埃の溜まった煤《すす》けた玄関で、さらに濃密な色香を振り撒《ま》いていた。

まるで淫夢を見ているような異様な光景である。ズボンの中で陰茎が熱を帯び、瞬く間に膨らんでいく。

「わかりました。じゃあ、上がってください」

祐助の脳裏に、一瞬、奏の顔がよぎった。

だが、たとえ祐助が貞操を守っても、奏が喜んでくれるとは思えない。彼女と自分はただの幼馴染みなのだから、これからすることは浮気でもなんでもないのだ。

ネグリジェを脱ぎ、あっという間にオールヌードとなった夕美が、

「祐助くん、ヘアゴムは持って……ないわよね」

「ヘアゴムですか？　はい、ないですね……」

「ううん……じゃあ、お箸《はし》を一本貸してくれるかしら？」

わざわざヘアゴムを取りに戻るのも面倒だからと、夕美は、なんとただの箸をかんざし代わりにして、セミロングの髪を器用にまとめてしまう。

祐助も全裸になると、彼女に手を引かれてバスルームに入った。風呂の蓋をめくれば、途端に湯気が溢れて室内を満たした。

「……やっぱり、ちょっと狭いですね」

「そうね。でも、この窮屈《きゅうくつ》な感じが、なんだか妙に興奮しちゃうわぁ」

畳一枚分にも満たない広さの洗い場で、男と女の裸体が必然的に接近した。

すでに自宅でも風呂を済ませている夕美だが、石鹸の香りに混ざって、淫らな牝臭も立ち上らせている。彼女の下半身に目をやると、ムッチリした太腿の内側が妖しく濡れ光っていた。おそらく左右の内腿が擦れ合ったときに、女陰から溢れた恥蜜を塗り広げてしまったのだろう。

(夕美さん、いやらしい汁を垂れ流しながら、アパートの外廊下を歩いてきたのか)

すでにフル勃起状態となっていた肉棒がひくつき、祐助も先走り汁を溢れさせる。

二人は立ったまま、ボディソープを互いの身体に塗りつけていった。

「ひゃっ、あぁん、ヌルヌルした手が……あ、あっ、オッパイが気持ちいいわぁ」

「あの、夕美さんって、オッパイは何カップですか？」

「うふぅん……ふふっ、知りたい？」

祐助がぬめる掌で頂上の突起ごと柔乳を撫で回すと、夕美はピクピクと肩を震わせながら囁いた。Ｆカップよ――と。

そうじゃないかと思っていた祐助は、予想が当たってニヤリとした。

硬く尖った乳首の感触が、掌にくすぐったい。鷲づかみにしようが、左右から押し挟もうが、ヌルリ、ヌルリと逃げる乳肉。

変幻自在に形を変える柔乳の感触を愉《たの》しみながら、面積の大きな膨らみをたっぷりと泡まみれにした。

すると夕美が、「後ろを向いて」と言う。

言われたとおりにすると、夕美が背中に抱きついてきた。ぬめる巨乳をギュッと押しつけて、ゆっくりと上下に滑らせる。

「ああっ、気持ちいい。まるでソープランドみたいですね」

「あら、祐助くんはソープランドに行ったことがあるのかしら？」

祐助は苦笑いを浮かべて首を振った。「いやぁ、ないです。そんなお金、ありませんから」

しかしAVなどを観て、ソーププレイのことは知っていた。いつかは体験してみたいと思っていた泡奉仕に感動し、ペニスをさらに熱くする。

「んふっ、まぁ私も、本職の人のようにはできないけれど、うちの人はこれをしてあげると、とっても喜んでくれるわぁ。ほぅら——」

大きな二つの乳スポンジが、祐助の背中を隅から隅まで撫で回した。なめらかな乳肌の吸いついてくる感触が実に心地良く、また、尖った乳首が背中を滑るくすぐったさも、慣れてくるとなんともいえぬ快美感を呼び起こす。

しかも祐助の胸元に回された手が、こちらの乳首もいじってきた。指先でそっと弾かれると、

「あっ……う、ううっ、くっ……！」

「んふっ、男の人もここをいじられると気持ちいいでしょう？　恥ずかしがらないで、感じちゃっていいのよ」

男が乳首で感じるのは、なんだか少々照れくさい。しかし、夕美のような大人の女性の前では、そんなことでかっこつけなくてもいいような気がした。

「おうぅ、くすぐったくてムズムズするけど……き、気持ちいいですっ」

「そうでしょう。ふふふっ」

彼女の吐息が、祐助の首筋を悩ましく撫でる。甘い香りがする。

「ほら、祐助くんの乳首が、もう硬くなってきたわぁ。ふふっ、じゃあ、こっちの方はどうかしら——あん、凄いわ、まるで鉄みたいよ」

片方の掌が、腹部をさすりながら下りていき、鎌首をもたげているペニスを手筒に包み込んだ。

「本当に逞《たくま》しいわぁ……。祐助くんに抱かれてから、このオチ×ポのことを思い出して、何度もオマ×コを濡らしちゃったのよ。でも、欲求不満のおばさんって思われたくなかったから、すぐにセックスをお願いするのは我慢したの」

夕美は、若勃起の根元から先端に向かって、ギュッギュッと握り締めていく。尿道が熱くなり、新たなカウパー腺液がドロリと溢れ出した。

「ううっ、そんな、思いませんよ、欲求不満のおばさんだなんて。僕だって……」

この数日、奏のことで落ち込んでいたが——もしそれがなかったら、祐助もきっと夕美の熟れ肉を思い出して、毎晩、猿のようにしごきまくっていただろう。

「夕美さんがセックスしに来てくれて、とても嬉しいです。これからも、いつだって大歓迎ですよ」

「あら、うふっ、そんなこと言われたら……私、毎日来ちゃうかもしれないわよ？」

「ええ、いいですよ」

「ああん、もう……祐助くんって、本当に可愛いわぁ」

夕美がギュッと抱きついてきて、嬉しそうに女体をくねらせた。

いったん彼女はペニスから手を離し、新たなハンドソープを掌に出す。そして、再び祐助の背中に張りついた。

「それじゃあ、そんな可愛い祐助くんのオチ×ポを、私が綺麗に洗ってあげる」

夕美はまず、祐助の陰毛でハンドソープを泡立てる。

そして、泡でヌルヌルになった右手で、肉棒をしごき始めた。左手は股ぐらに潜り込ませ、陰嚢を優しく揉み洗いしてくれる。

(ううっ、やっぱり夕美さん、上手だ)

自分でもハンドソープで手淫に及んだことはあったが、彼女にしてもらった方が何倍も気持ち良かった。

五本の指先による、触れるか触れないかの儚《はかな》い摩擦感でしばらく焦らされてから、亀頭に掌を被せられ、ヌチャヌチャと音を立てて撫で擦られた。

「うおぅ、先っぽが、ああ、熱い……くうっ、雁首がっ」

それから指の輪っかで、いよいよペニスのくびれをしごかれる。

最初はゆっくりだったが、往復摩擦はどんどん加速していった。潤滑剤《じゅんかつざい》がなければ粘膜を痛めてしまいそうな、激しくも甘い摩擦感。それはまさにソーププレイの醍醐《だいご》味《み》である。

ぬめりが減ってきたら、夕美はまた、ボディソープを陰毛で泡立てた。右手で亀頭や雁首を磨《みが》き擦りながら、左手も幹の根元に巻きつけて、ニュルリ、ニュルリと、上下に滑らせる。

「あ、あぁあ、僕っ……も、もう出ちゃいます……！」

「うふっ、いいわよ、思いっ切り出してちょうだい。祐助くんのオチ×ポがドッピュンするところ、私に見せてぇ」

すると、なにを思ったのか、夕美は肉棒から左手を離した。

その手を祐助の後ろに回すや、尻の谷間に滑り込ませ、指先でツツーッと菊座を撫で上げる。祐助は驚きのあまり、踵を宙に浮かせた。

「ちょっ……な、なにするんですか、夕美さんっ⁉」

「大丈夫よ、指を入れたりしないから。でも、ほらぁ……こうやって穴の表面をコチョコチョされると、気持ちいいでしょう？」

夕美の右手が、亀頭冠に指の輪を引っ掛けるようにして、猛烈な小刻みの摩擦責めを施しているなか——左手の指先は、円を描くように肛穴の縁をさすった。

まるで鳥の羽根でくすぐられているような感覚に、祐助はたまらず背中を仰け反らせる。

（これは……確かに、気持ちいい……！）

ゾクゾクする妖しい感覚が背筋を駆け抜けた。膝から力が抜けて、立っているのが辛くなる。

ましてや射精を堪《こら》えることなど不可能となった。高まる放出の欲求に一瞬たりともあらがえず、そのまま限界を迎える。ザーメンが前立腺の関門を素通りする。

「あっ……あぁぁ出るっ……ウウウウッ!!」

ひときわ腰が痙攣するや、白濁液が鈴口から噴き出した。

ここ数日、オナニーをする気分にはなれなかったので、夢精寸前まで溜まっていた牡のエキスが、強い圧力を受けてほとばしる。

反り返るペニスから撃ち出された液弾は、長い尾を引き、祐助の頭の高さも越えてバスルームの壁に飛び散った。

「あぁぁん、凄い、凄いわぁ」と、夕美が歓声を上げる。「この間も、きっとこれくらい勢いよく出ていたのね。お腹の奥が感じちゃったわけだわぁ」

「はぁ、はぁ……うぅっ」

射精がやむまで手コキは続き、祐助は残らず搾り取られた。

バスルームの狭い空間が、たちまちカルキっぽい臭気に満たされていった。

2

タイルに張りついた白濁液をシャワーで洗い流してから、

「それじゃあ今度は、僕が夕美さんを気持ち良くしてあげますね」

祐助はたっぷりの泡をまとわせた手を、彼女の股間に潜り込ませようとする。が、それは穏やかに拒まれた。

「ごめんなさいねぇ」微笑みながら、夕美は申し訳なさそうに言う。「でも、祐助くんが使っているボディソープだと、きっとオマ×コが沁《し》みちゃうと思うのよ」

デリケートゾーンを洗うための特別なボディソープでなければ駄目なのだそうだ。

祐助は少しがっかりする。しかし、それくらいでめげたりはしない。

ならば、と——夕美にお願いして、片足を浴槽の縁に載せて立ってもらった。ムッチリした太腿が横に開いて、秘唇があからさまとなる。

それからシャワーノズルを手にし、勢いよく湯を出して、祐助は彼女の前にひざまずいた。割れ目に向かって、下からシャワーの水流を当てる。

「はうん……そうよぉ、オマ×コ用のボディソープがないときは、そうやってお湯で洗うの。んん、うふぅん」

「そうなんですか。勉強になります」

だが、彼女の陰部を綺麗にすることが、祐助の本来の目的ではなかった。

大振りのラビアを揉み擦り、皺がなくなるまでピンと伸ばしては、裏にも表にもしっかりとシャワーを当てる。

そして包皮をずり上げ、剝き出しにしたクリトリスにも水流を浴びせた。

「あひぃ、それ、好きよぉ、あううぅん」

シャワーを使うのは、夕美のお気に入りのオナニーの一つだという。祐助は、糸のような無数の水流を当てながら、指の腹で丹念に肉真珠を磨いた。

「あ、あ、ダメぇ、クリが、はふぅん、感じすぎちゃうわぁ」

シャワーノズルを近づけたり遠ざけたりすると、夕美の膝がカクカクと震え、熟れ肉の詰まった太腿が艶めかしく波打つ。

クリ責めをやめて、人差し指を膣穴に潜り込ませると、中は燃えるように熱く、多量の女蜜に蕩けていた。

中指をさらに加えて、肉壺のシチューを掻き回す。まろやかな膣襞の中に、粒の小さなザラザラした場所を見つけた。二本指を鉤状《かぎじょう》にして軽く引っ掻くと、

「あうっ、そ、そこっ、Gスポットおぉ」

夕美は呻き、膣口がキュキュッと締まる。

祐助はズボズボと二本指を出し入れし、女の急所を引っ掻きながら尋ねた。

「ここ、気持ちいいんですよね？　こうやって刺激されると、夕美さんも出ちゃいますか？」

「はふ、はふぅ、出るって……潮吹きのことかしら？　ん、んんっ」

頬を火照らせ、眉間に皺を寄せつつ淫靡な笑みを浮かべる年増妻は、プルプルッと首を振る。

「私、あんまり潮は噴かない方なのよぉ。体調次第では、たまに出ることもあるけれど……あはん、あうぅんっ」

「今日は？　出そうですか？」

祐助は、女が淫水を漏らすところが見たかった。潮を噴かせれば、女をイカせた達成感をより強く得られるからだ。先ほど夕美が射精の瞬間を見たがったのも、同じよ

うな理由があったのではないだろうか。

クリトリスへの水責めと指マンに喘ぎながら、夕美は、

「んんぅ……ごめんなさい、わからないわぁ。とっても気持ちいいから、ひょっとしたら噴いちゃうかもしれないけれど……」

「じゃあ、試してみましょうよ」

二本指のピストンを小刻みにし、ザラザラした膣肉をピンポイントで擦り立てる。熟れ妻の腰が、たまらなそうにくねりまくった。ふっくらした下腹が波打つたび、膣口が祐助の指を小気味良く締めつけてくる。

「あぁん、ダメぇぇ、そこばっかりいじめられたら……オシッコの穴が、ジンジンしてきちゃうわあぁ」

それを聞いて、祐助は期待を膨らませた。

潮吹きは放尿とは違う。しかし、噴き出す場所は一緒——クリトリスと膣口の中間にある小さな穴、尿道口だ。そのことは祐助も知っていた。

このまま続ければ、夕美も潮を噴くかもしれない。鉤爪状の指先をさらに食い込ませて、抽送を加速させる。多量の愛液が掻き出され、祐助の手首を伝って肘の方まで垂れていった。

だが——

「あうぅん、いやぁ、もう入れてぇ。指はもういいから、オチ×ポ、オチ×ポが欲しいのおぉ」

今宵の夕美が真に欲しているのは、手慰みなどではなく、活《い》きのいい若牡のペニスだったのだ。

「ほらぁ、祐助くんだってそんなに大きくして、さっきからずっと準備ＯＫじゃないの。そのオチ×ポ、早くちょうだぁい」

イチモツは先ほどの射精からすぐさま復活し、ずっと屹立を維持していた。

夕美は浴槽の縁に載せていた足を下ろして、ひざまずく祐助のペニスに押し当てる。足の指を蠢かせ、亀頭と幹の間の縫い目をなんとも器用にくすぐってきた。

（これ、足コキってやつじゃ……!?）

祐助は、熟れ妻のテクニックの多彩さに圧倒される。そして裏筋への甘やかな刺激により、挿入欲を高ぶらせられた。

「くうっ……わ、わかりました」

蜜壺から指を抜き、シャワーの湯を止める。青筋を浮かべた肉棒を打ち震わせ、脂の乗りきった豊満ボディに向かい合った。

「それじゃあ、どんなふうにしますか？」

下になる方が膝を曲げて横たわれば、正常位や騎乗位もなんとか可能だろう。だが、硬く冷たいタイルに背中をつけて寝るのは、あまり気持ちのいいものではない。ならば立位ということになる。

「立ちバックとか、でしょうか？」

「そうねぇ、それでもいいけど……」

夕美はううんと首を傾げ、それからしっとりと濡れた眼差しで見つめてきた。

「でも今は、祐助くんの顔を見ながらしたいわぁ。大人の恋愛ものの映画を観たって言ったでしょう？　だから、ね、そういう気分なの」

再び浴槽の縁に片足を載せ、夕美は対面立位を望む。

祐助はそれを承知し、彼女に近づいて、若勃起を握り下ろした。

腰を擦り寄せ、秘唇のあわいに切っ先をあてがう。

「んふっ……ここよ」

夕美は両手で祐助の肩をつかむと、腰の位置を調整して、肉の窪みに亀頭を誘導してくれた。

祐助が腰を突き上げると、柔らかな熟壺はたやすく剛直を受け入れた。早速、熱い蜜肉が絡みついてくる。

(あぁ、なんて気持ちいい)

溢れんばかりの慈愛を込めて抱擁されているような感覚だった。

祐助は女の優しさの中へ、さらに自分自身をうずめていく。甘熟した果肉を掻き分けて、奥へ、奥へ。やがて子宮の入り口をズンと押し上げた。

「あうぅぅんっ」

と、夕美が仰け反る。その拍子に彼女の背中が、洗い場の奥の壁に当たった。

「大丈夫ですか?」

「ええ、ちょっと冷たいけれど、この方が転ぶ心配もないわ。さぁ……」

夕美に促《うなが》され、祐助はピストン運動を開始した。

両手で彼女の豊臀を鷲づかみにし、十指を蠢かせ、つきたての餅のような柔らかさを味わいながら、まずは短いストロークで腰を振った。

立った状態での嵌め腰は初めてなので、ただでさえ経験の少ない祐助は、なかなかに戸惑う。だが、試行錯誤しているうちに、徐々にコツをつかんでいった。腰だけでなく膝も使って、軽く屈伸するようにして突き上げるとやりやすいのに気づいた。

「あはぁん……そうよぉ、祐助くん、その感じで、奥、奥を……この間、教えてあげたこと、覚えているわよね？　ふぁ、ああんっ」

「ポルチオ、ですよね？　はい、覚えてますっ」

長めのストロークで素早く動けるようになってくると、祐助は勢いをつけて、ズンッズンッと剛直を打ち込んだ。膣穴をペニスの形に押し広げながら、肉杭の突き上げで子宮口を揺さぶっていく。

「そ、そう、それよぉ……はっ、はあぁ、いいわぁ、奥が痺れて、凄くいぃぃん」

夕美はバスルームの壁に後頭部を預け、赤ん坊のようにぐらりぐらりと首を振った。

「ふっ、ふうっ……Ｇスポットと、どっちがいいですか？」

祐助が尋ねると、少し考えてから夕美は答えた。

「そうねぇ……んんっ……どちらかといえば、ポルチオの方が好きだわぁ」

オナニーを覚えたての十代の頃はクリ派だった夕美も、二十代でＧスポットの悦を知り、そして三十路を過ぎてからポルチオに目覚めたという。

性感帯として開発するのにポルチオが一番時間がかかったそうだが、苦労した分、クリトリスやＧスポット以上の快感が得られるらしい。

「ポルチオ用のバイブも持っているけれど……ブブブって、結構音が大きいから、結衣がいるときには使えないのよねぇ」

「へえ……」祐助はちょっとからかってみる。「だから、バイブの代わりに、僕とセックスしに来たんですか？」

「え……？　んふふっ、違うわよぉ」

とろんとした瞳が細くなり、夕美は淫奔な笑みを浮かべて首を振った。

「祐助くんのオチ×ポがいいの。硬くて、あぁ、熱くてぇ……バナナみたいに反り返っているところも、素敵よぉ。バイブなんかより……は、あぁん、ずっと気持ちいいわあぁ」

彼女の手に力が籠もり、祐助の肩をさらに強くつかんでくる。

唾液に濡れた半開きの朱唇から、発情した牝の甘ったるい吐息が漏れた。チラリと覗く白い前歯。下唇の脇を飾る、小さくも存在感のあるほくろ。

「ああ、僕も……ですっ。夕美さんのオマ×コ、最高ですよっ」

二十歳も年上で、経験も豊富であろう美熟女が、自分のペニスをこうも褒め讃えてくれる——若牡として実に誇らしく、祐助は胸が熱くなった。

ただ、一瞬、口には出せぬ思いが脳裏をよぎる。

(奏さんとは……違うけど)

決して夕美とのセックスが劣るというわけではない。

体育会系の膣穴の強烈な締めつけには及ばなかったが、優しく包み込み、隅々まで吸いついてくる感触は、経産婦の熟壺ならではだ。ペニスが蕩けてしまいそうな、まさに癒やし系の心地良さである。

祐助は、奏と交わった記憶を頭の中から追い払い、目の前の肉の味に集中した。ますます激しく腰を使い、子宮を押し上げる勢いで肉棒を抉り込む。膣路の突き当たりに深々と亀頭をめり込ませまくる。

轟《とどろ》くピストンで女体を揺さぶれば、熟れ巨乳がタプンタプンと上下に躍った。

「ひぃぃんっ、どっちにしろ、バイブじゃもう駄目ぇ。このオチ×ポを知っちゃったら……あぁん、あうぅん、オモチャなんかじゃ絶対に満足できないわ。祐助くんのせいよぉ」

顔中を官能に染めた夕美が、突然、祐助の首元に抱きついて、唇を重ねてくる。滑り込んできた舌が、祐助の口内を妖しく這い回った。歯茎をなぞり、上顎の裏側を舌先でくすぐってから、夕美は舌と舌を絡ませた。

（キスの仕方も、奏さんとは違う）

また祐助は考えてしまう。奏との口づけは、恋人同士がするような甘く情熱的なものだったが、夕美のそれはセックスの愉悦を高める愛撫の一環という印象だ。舌肉を器用に操り、口の中にある性感ポイントを的確に刺激してくる。

それに唾液の味も違った。あのときの奏は酒を飲んでいたのだから違って当然だが、今夜の夕美の唾液には、ほんのりとシトラスミントの風味が感じられた。きっと歯磨き粉のフレーバーだろう。

そんなことを考えていると、チュボッと音を立てて朱唇が離れた。夕美が、眉根を寄せた不満顔で見据えてくる。

「ああん、どうしたのぉ？　腰もベロも、ちゃんと動かしてぇ」

余計なことを考えたせいで、夕美とのセックスが疎《おろそ》かになっていたのだ。

祐助は慌てて言い訳を考える。「す、すみません、その……夕美さんのキスがとっても気持ち良くて、ついうっとりしちゃいました」

「あら、うふふっ、そうなの？」

夕美が嬉しそうに微笑んだ。嘘をついた祐助は、胸がチクッとする。

さらに彼女は、祐助の後頭部を愛おしげに撫でてくれた。

「そう言ってもらえると悪い気はしないわぁ。じゃあ、もっと感じるキスをしてあげるけれど、祐助くんも頑張ってちょうだい」

私、もう少しでイッちゃいそうなの――と、夕美が囁く。

「は、はいっ」

祐助は心を入れ替え、再びピストンに励んだ。鷲づかみにした熟臀《じゅくじり》に指を食い込ませ、彼女の腰を引き寄せるようにしながら抽送に全力を尽くす。

（奏さんのことは考えるな。今は夕美さんとセックスをしてるんだから）

丸々と膨らんだ女の土手に、バチンッ、バチーンッと下腹を叩き込めば、夕美は背中を反らして、艶めかしく相好《そうごう》を崩した。

「あうぅ、ほぉうんっ、祐助くんの恥骨で、クリが、グリッ、グリッて、押し潰されちゃってるわぁ。あ、あふっ……本当にもう、イッちゃいそうよおぉ」

「ううっ、ぼ、僕も……そろそろ、ですっ」

絶頂が近いという女の穴は、キュッ、キュッ、キューッと甘美な収縮を繰り返す。それにあわせて膣壁がうねり、まるでペニスが奥へ奥へと引きずり込まれるような感覚だった。

「おううっ……ゆ、夕美さんのオマ×コ、この間のときより気持ちいいっ」

「あっ、あはっ、本当？　あぁあん、それ多分、祐助くんのせいよぉ」

なんでも夕美は、深いオルガスムスを迎えようとするときほど、膣路がまるで別の生き物の如く、複雑怪奇に蠢くのだそうだ。

「私も、この前よりずっと気持ちいいのぉ。あんあん、あぅん……祐助くんったら、セックスがずいぶん上手になっているんじゃないかしらぁ？」

「そ、そうですか？　もしそうなら、嬉しいです」

「ええ、間違いないわ。やっぱり若い子は、呑み込みがいいのねぇ。ああぁん、いいい、祐助くぅん、ねぇ、舌を、ベロを出してぇ」

祐助は言われたとおり、あっかんべぇをするみたいに舌をベロッと出した。

するとタ美にぱくっと咥えられる。彼女は頬が凹むほど吸引しながら、首を前後に振って、チュパチュパと祐助の舌をしゃぶった。

（まるで舌をフェラチオされてるみたいだ……！）

ペニスに口唇愛撫を施されたときと同じく、朱唇で祐助の舌をしごきつつ、彼女は自らの舌をなすりつけてくる。舌の裏側をくすぐられると、ぞわっとする愉悦が込み上げた。

こんないやらしいキスがあるのかと、祐助は血を熱くする。燃料をくべられた蒸気機関車の如く、ガッシュガッシュと嵌め腰を高速回転させる。みるみるうちに射精感が迫ってきた。

「んふん、んぢゅう、ちゅぼっ……ふごっ、ううっ、ちゅぶぶ、むおぉんっ」

夕美も舌フェラを続けながら、切羽詰まった唸り声を上げている。膝がガクガクと震えていて、祐助が豊臀を鷲づかみしていなければ、今にも崩れ落ちてしまいそうだった。

恋愛映画を観ただけで抑えられないほど発情してしまう欲求不満妻――そんな彼女を満足させるべく、祐助はとどめのピストンを喰らわせる。

激しいファックがバスルームを震わせ、浴槽の湯が微かに波立った。振動が、隣の四号室にも伝わっているかもしれないが、

(今は……どうでもいいっ！)

一心不乱に女の最深部を穿ち続ける。背中を壁にくっつけた状態でずり下がってくる夕美の身体を、元の位置に戻るまでズンッズンッズンッと打ち上げた。

「はぷっ、ん、ぐひぃいっ……も、もうダメよぉ、んおおぉ」

ついに夕美が舌を離し、狂おしげに全身を戦慄かせる。

「凄すぎっ……あぁ、イッちゃうわ、イクッ、イクッ、ううーんんっ！」

膣壺のうねりも最高潮となり、祐助も絶頂の予感を募らせた。夕美が先に果てたのは、シャワーと指での充分すぎる前戯があったからだろう。

「僕も、イキます、あとちょっとで……！」

「あひっ、ひっ、オマ×コ、イッてるのに、まだオチ×ポが暴れ回ってるウゥ」

夕美は仰け反るあまり、後頭部を壁のタイルにぶつけた。アップにまとめた髪の毛がクッションになっても痛そうに見えたが、彼女はひたすら愉悦に溺れていた。

「んほおぉ、イイッ、おかしくなっちゃうぅっ……くううぅ、イキっぱなしになっちゃうわあぁん」

アクメを迎えている肉壺になおもピストンを続行すると、夕美は手負いの獣を思わせる唸り声を上げて苦悶する。

しかしその顔は、美酒に溺れたかの如く、恍惚《こうこつ》の笑みを浮かべていた。

(苦しくても、気持ちいいんだ……。なんてエロいんだろう)

女の業《ごう》を見たような気がする。祐助は圧倒されながらも、射精感を追い詰めるために猛然と腰を振り続けた。屈伸運動にも似たピストンのせいで、もはや膝も腰も悲鳴を上げており、額からは汗が止まらない。

それでも牡の本能のままに、突いて突いて突きまくる。

クルミのように収縮した陰嚢がジンジンと疼き、下腹の奥の痺れが極限まで高まって——とうとう祐助もそのときを迎えた。

「アアッ……で、出る、出ますよっ！」

「あん、あぅん、出してぇ、私のオマ×コに、思いっ切り注ぎ込んでぇえっ」

「は、はいっ、くううっ……ウグゥーッ!!」

ペニスの根元までズッポリ嵌めると、女体の最奥、子宮の入り口でザーメンを爆《は》ぜさせる。断末魔の怒張が脈打ち、その都度、大量の濃汁が噴き出した。

「あっ、ああっ、熱いのがいっぱい出てるわ。はあぁん、中出し、好きイイィ」

夢見心地のように呟いて、夕美はすっかり全身の力を抜いてしまう。

祐助の膝も限界を迎え、二人の身体はズルズルと壁に沿って崩れ落ちていった。

座位のような体勢になると、祐助は超低反発の乳枕に顔をうずめ、心地良い疲労感に酔いしれた——。


汗と淫液を洗い流した後、祐助は湯船に浸《つ》かった。浴槽が狭いので、夕美は縁に腰掛けて、足だけ湯の中に入れた。

性欲は一応鎮まったらしいが、夕美は小さい子を叱るみたいに、メッと睨みつけてくる。「さっき、私としながら、本当は他の人のことを考えていたんじゃない？　駄目よぉ、そういうの、女はだいたいわかっちゃうんだから」

「ええっ？　す、すみません、つい……」

「なぁに、好きな子のことでも考えちゃったのかしら？」

心の内を見抜かれた祐助は、正直に話さずにはいられなくなってしまう。

「あの……自分でもよくわからないんです」

夕美は首を傾げた。祐助は話し続けた。

「以前は、はっきりいって苦手な人だったんです。でも、その人と、その……セックスしちゃったら、急に好きなような気がしてきて」

「あらぁ、その人って、もしかして……？」

「はい……奏さんです」

先日、夕美に「祐助くん、管理人さんのことが好きなんでしょう？」と言われ、そのときはとんだ的外れだと否定したが、結局は彼女の言うとおりになってしまった。

「でも、セックスをしたら好きって、そんなの勘違いなんじゃないでしょうか？　ただの性欲なんじゃ……」

夕美はううんと唸って、また首を傾げる。

「そうかもしれないけれど、そうとも限らないわよ」

「……どういうことですか？」

「そうねぇ、私ももう四十だから、ちょっと知ったようなことを言わせてもらうけれど、セックスをしないと見えてこない相手の一面っていうのがあるのよ」

　真面目な顔になって、彼女は言った。

「普段は見えないその一面を見て、好きになっちゃった――ということなら、全然問題ないいんじゃないかしら」

　その言葉で、祐助は目から鱗《うろこ》が落ちた気分になる。

（僕にとって、奏さんは十数年来の幼馴染みだけど……）

　夕美の言うとおり、セックスをしたことで初めて知った奏の魅力がいくつもあった。

　普段は気が強いのに、甘えん坊のようにキスをねだったり、潮吹きを見られるのを恥ずかしがったり――そんな彼女が、なんとも愛おしく感じたのだ。

「……確かに、そうかもしれません」

「えぇ、きっとそうだと思うわ」

　そもそもねと、夕美が言う。祐助が一番最初にセックスをした相手は夕美だが、

「私のこと、好きになったかしら？　恋しちゃった？」

　祐助は、一瞬口籠もった。「いや、夕美さんのことは、もちろん好きですけど……でも、恋とは違うような……す、すみません」

「ふふふっ、いいのよ別に」夕美はクスッと笑う。

「でも、セックスをしたら、管理人さんのことは好きになっちゃったんでしょう？　じゃあやっぱり、祐助くんにとって管理人さんは特別なのよぉ」

「……そうですね」

僕は、奏さんのことが好きなんだ。

ようやく自分の気持ちを受け入れることができて、祐助は少し心が晴れた。

だが、依然として祐助の胸中には、重くて黒い塊が残っている。

「でも、奏さんは、僕のことを好きになってはくれなかったみたいです」

夕美は静かに尋ねてきた。「詳しく聞かせてくれるかしら？」

祐助は頷き、五日前のリモート飲み会のことを話す。ファーストキスを奪われ、その仕返しをしているうちにセックスに雪崩《なだ》れ込んでしまったことや、その翌日から、奏が自分を避けるようになってしまったことまで。

「きっと奏さんは、好きでもない僕とセックスしてしまったことを後悔してるんじゃないでしょうか」

難しい顔で夕美は唸った。「ううん、どうかしら。いくら友達に見栄を張りたいからって、好きでもない男とキスはしないと思うけれど……」

「じゃあ……奏さんにとって僕は、男扱いするような存在じゃないのかもしれません。

ちっちゃな子供か、ペットの犬や猫とキスしたような感覚だったのかも」

「そんな、そこまで卑屈にならなくてもいいと思うわよ」夕美は苦笑した。「女が自分の彼氏を友達に紹介するときって、基本的に自慢したいの。祐助くんなら自慢になるって、管理人さん、思ったんじゃないかしら。男扱いしている証拠じゃない」

思い切って告白してみたら？　と、祐助の顔を覗き込んでくる夕美。

身を乗り出した彼女の、胸元にぶら下がる大きな膨らみが、二つ揃ってタプンと揺れた。思わず眺めてしまう祐助だが、いったん目を伏せて真剣に考える。

しかし――決心はつかなかった。

これまでに女性に告白したことなど一度もない。ましてや、相手はあの奏だ。

セックスで屈服させたことで、彼女を恐れる気持ちはだいぶ薄れていたが、それでも告白するとなると話は別である。もし振られたら、今以上に気まずくなるのは間違いないだろう。

「本気で考えれば考えるほど、緊張で身体が震えてきちゃって……」

「うぅん、度胸の問題ねぇ」

夕美は、顎の先に拳を当てて考え込んだ。しばしの沈黙――

「……ねぇ、祐助くん、一つ私の頼み事を聞いてくれないかしら？」

「な、なんですか、急に」

「私のお友達に、ちょっと困っている人がいるの。度胸をつける訓練だと思って、ね、お願いよぉ」

「はぁ、僕にできることなら構いませんけど……」しかし、少々回りくどい言い方が気になった。「でも、度胸の訓練って、危ないこととか、おっかないことじゃないでしょうね？」

夕美はなにも言わず、ただニヤリと笑った。

3

その夜も、奏はなかなか眠りにつけず、悩ましく寝返りを打ち続けた。

ベッドのマットレスに染みついた牡のエキスのせいもある。五日前に祐助と交わった後、除菌消臭スプレーを念入りに吹きかけたが、青臭い精液の匂いが今も微かに残っていた。

(嫌でも思い出しちゃうわ。あの晩のことを……)

酒に酔っていたとはいえ、なんてことをしてしまったんだと思う。自分で自分が信じられなかった。あれは酔っ払った末の夢だったのでは？　と考えたりもした。

だが、若牡に犯された記憶は、いくら忘れようとしても、身体の奥深くにしっかりと刻み込まれていた。

うとうとすることもなく時間が過ぎ、奏は尿意を覚える。

アルコールが入れば早く寝られるのではと、この三日ほど、ベッドに入る前に少々の酒を飲んでいた。しかし入眠の役にはまるで立っておらず、ただトイレが近くなっただけである。

「……ああ、もうっ」

奏は起き上がって、トイレに行った。パジャマのズボンとパンティを膝まで下ろし、便座に座って用を足す。

トイレットペーパーで陰部を拭っていると、

（ああ、嘘ぉ。こんなことで感じちゃうなんて）

ベッドに籠もる牡の性臭で燻《いぶ》されていた女体は、ただの排泄《はいせつ》の後始末に、淫らな刺激を感じ取ってしまったのだ。

（オナニー覚えたての子供みたい。いい年して恥ずかしいわ……）

それでも我慢できなかった。トイレットペーパーを便器に捨てると、指で直に媚裂に触れる。

「あん……はふぅ」

大陰唇の縁をさするだけで、ざわつくような快美感が込み上げた。

夫を亡くしてからの六年間、この指で自らを慰めた夜は数えきれぬが、この程度のソフトタッチでこんなにも感じたりはしなかった。

原因は、祐助だろう。三十路を迎えた女体は、彼とのセックスで覚醒したかのように、刺激に対して敏感になっている。

奏は目を閉じ、さらに深く、肉の割れ目に指を沈めた。すでに中はじっとりと濡れ、ぬくぬくと熱を帯びていた。

脳裏に浮かぶのは、祐助との情交。彼の愛撫を思い出し、自らの手でそれを再現するのだ。

(祐助ったら、私のアソコを、全然臭くないとか言っちゃって……)

そんなはずはないと、今でも奏は思っている。だが、あのときの祐助は、女陰の恥臭などまるで気にならないとばかりに——いや、むしろその匂いに興奮しているかのように、丹念に媚肉を舐めしゃぶってくれた。

(ちょっと恥ずかしかったけど……気持ち良かったわ)

今、頭の中のイメージで、己の指が祐助の舌となる。奏は濡れた花弁に指を絡め、肉裂の内側を掻き回していった。クチュクチュという可愛らしくも淫らな音が、真夜中の静けさのなかでやけに響く。

もう片方の手も股間に潜らせ、割れ目の上端にあるベールをつまみ、めくり上げれば、五分勃《ごぶだ》ちの肉豆がツルンとまろび出た。

「あぅん……くっ……ふうっ、んんんっ……」

指の腹で、糸を引くような粘液を塗りつけていく。軟膏を擦り込むように円を描いたり、根っこから弾くようにすると、甘美な電流が下半身を痺れさせていった。

(それから祐助は、アソコの穴に舌をねじ込ませて……ああん、ズボンとパンティが邪魔っ)

脚を広げるため、奏は膝に引っ掛けていたものを脱ぎ——トイレの中に置き場所がなかったので——ドアを開けて、ダイニングキッチンの床に放り投げる。

そのままドアは開けっぱなしにした。誰が見ているわけでもないが、なんだか妙にドキドキした。思う存分、大股を開き、肉壺に中指を挿入する。

膣口の縁を裏側から擦ると、湧き上がる快感に腰がひくつき、穴の奥から多量の愛液が溢れてきた。

「くぅぅんっ……き、気持ちいいわ、祐助……とっても上手よっ」

女陰にしゃぶりついている彼をイメージするあまり、奏はつい話しかけてしまう。

そして思った。そう、彼の口奉仕は本当に気持ち良かったのだ。

(あの子……もしかして女のアソコを舐めるの、初めてじゃなかったのかしら?)

実はとっくに彼女がいて、童貞でもなかったのでは——そう考えると複雑な感情が、胸中に黒煙の如く湧いてくる。

初めて祐助と会ったとき、彼は七歳で、奏は十七歳だった。

初対面の年上の女性に緊張したのか、幼い祐助は少しおどおどしていて、そんな彼がなんとも可愛く思えた。そして奏は、可愛い子は虐めたくなる性格だった。

大家の娘である奏は、同じアパートに住む彼の面倒をよく見た。意地悪をしたり、雑用を押しつけたりもしたが、それも皆、奏なりの愛情表現である。

とはいえ、恋愛対象として見たことはただの一度もなかった。肌が触れても、下着を見られても特に気にならない、あくまで弟のような存在だった。

だが、今はもう違う。

(まさか祐助に、あんな凄いセックスができるなんて……)

逞しいものに貫《つらぬ》かれ、これでもかと肉の悦びを味わわされたあの日——奏の中で、彼は〝男〟になった。

するとと途端に彼の顔が見られなくなった。普段は威勢のいい奏だが、自分が〝男〟と認めた相手の前では、どうにも気が小さくなってしまうのだ。男を尻に敷くタイプと思われがちだが、まるで逆なのである。

高校教師だった亡き夫は、優しく穏やかな性格でありながら、年上らしい頼もしさと包容力があった。夫と二人っきりのとき、奏は従順な少女となった。

（祐助とあの人じゃ、全然真逆よね……）

それは性格だけでなく、夜の営みに関してもだ。

亡夫は、妻を抱くときもやはり優しく、常に女の身体を気遣うような腰の使い方だった。奏としては、本当はもっと力強く組み敷かれ、荒々しく奥まで貫いてほしかったのだが、恥ずかしくてとても言えなかった。

祐助はそれをしてくれた。奏が悲鳴を上げても容赦なく剛直を轟かせ、子宮口をこじ開けんばかりに奥深く抉り込んできた。

（ああ、それにオッパイもたくさんいじめられちゃったわ）

片方の手の指で膣壺を掻き混ぜながら、もう片方の手でパジャマの上からJカップの乳房を揉みしだく。バストケアのためにナイトブラをつけたいのだが、この爆乳に合うサイズのものがなく、寝るときはいつもノーブラだ。

パジャマ越しでもわかる乳輪の膨らみに指先を滑らせると、布地のおかげで直に触れるよりも摩擦感が増し、ムズムズするようなもどかしげな快感が走る。指で螺旋《らせん》を描き、頂点に到着させれば、軽くこねただけでたちまち乳首は硬くなった。

「ひいっ……か、嚙んじゃダメぇぇ」

乳首を、乳輪を、指で挟んで爪を立て、甘い痺れに酔いしれる。

そして、膣穴に潜り込ませた中指を軽く曲げ、肉路の上側の一点に押し当てた。未亡人になってから、夜泣きする身体を慰めているうちに覚えた、女の性感ポイントの一つ——Gスポットである。迷うことなくその一点を捉え、指の腹でギュッと圧迫する。

「あ、あ、いやっ、そこは……やめて、祐助、出ちゃうからぁ……！」

脳内のイメージが素早く切り替わり、奏は幻の祐助にペニスを挿入されていた。彼は腰を振り、Gスポットに亀頭を擦りつけてくる。

奏はさらに人差し指と薬指も挿入し、彼の巨根による拡張感に少しでも近づけてから、膣穴を激しくほじくり返した。

「んっ、くふうぅ……おぉ、ほおぉ……い、ひっ！」

下腹部がジンジンと痺れるような、強烈な肉悦。手慰みによって充分すぎるほど開発されたＧスポットは、ポルチオ性感帯にも匹敵する快感をもたらす。

ただ、難点が一つあった。じわじわと尿意も込み上げてくるのだ。

たった今放尿したばかりなので、もちろん本物の尿意ではない。Ｇスポットの愉悦を極めて噴き出すのは、尿とは違う透明な液体だ。いわゆる潮吹きである。

初めてそれを経験したのは、寝室のベッドでオナニーをしていたときだった。

潮吹きなど、ＡＶやエロ漫画の中だけの絵空事だと思っていた奏は、激しく動揺したものだ。無色無臭の液体とはいえ、マットレスにもじっとりと浸みてしまった。

それ以来、ベッドでのオナニーでいじるのはクリトリスまでと決めている。

トイレなら、潮を噴いても大丈夫だ。ザラザラした膣襞を心置きなく掻きむしり、肉悦の高みへと一気に駆け上っていく。

「で、出ちゃう……んあ、あっ、イッちゃう、ダメぇん……！」

ジュボッ、ジュボッ、ジュポポッ。羞恥心をさらに煽る下品な音が、膣口から鳴り響いた。掻き出された淫蜜が、割れ目から溢れて肛門の方まで垂れていく。

もはやオルガスムスまでは秒読み段階。それを悟った奏は、乳首を弄《もてあそ》んでいた指を再び股間にやった。

そして、あのときの祐助と同じように——弾けんばかりに膨張したクリトリスをつまんで、力一杯に押し潰す。ひねり潰す。

「ふ、ふんぎぃ！　イクイクイクッ、んほっ、おぉおお……ッ!!」

電気ショックのような衝撃。その直後、尿道口から潮水が噴き出し、掌に当たって便器の中に飛び散った。

「あぁ、あ……出ちゃった……いやぁ、見ないでぇぇ……」

イメージの祐助に向かって、荒い息づかいで呟く。

女体は心地良く火照り、アクメの痙攣が治まった後も、穏やかな幸福感が奏を包み込んだ。

だが、どこか物足りなくもある。

しょせんはオナニー。セックスの快感には及ばないのは当然だ。しかし、それだけではなかった。

奏は目を閉じたまま、今一度、あの日のことを思い出す。

イキ潮を噴いてしまった奏を見て、あのとき祐助はどう思ったのだろう？　彼は潮吹きという女の生理を知っていたのだろうか？

（オシッコ漏らしたって思われていたら、どうしよう……）

それも奏が祐助の顔を見られなくなった理由の一つだった。考えただけで羞恥心が蘇り、アクメを迎えた女体がさらにカーッと熱くなった。

（恥ずかしいわ……あぁぁ）

そう思いながらも、奏の口元は淫蕩な笑みを浮かべる。

オルガスムスの余韻が、より甘美になって、未亡人の身体を痺れさせていくのだった。

第四章　淑やかなる人妻の首輪

1

それから数日後の、日曜日の昼過ぎ。夕美の〝頼み事〟のため、祐助は二十分ほど電車に揺られ、とある家に向かっていた。

（てっきり夕美さんも一緒に来てくれると思っていたのに、僕一人だなんて……）

その家の奥さんが夕美の友達で、なにやら困っているという。

しかし、それ以上の詳しいことは教えてもらえなかった。

「わからないことに挑むのが度胸ってものでしょう？」と、夕美は笑っていた。

スマホの地図アプリを見ながら閑静な住宅街を歩き、目的の家にたどり着く。テレビのＣＭで見るような、お洒落なモデルハウスという感じの家だった。豪邸というほどではないが、なかなかの大きさである。

ゴクリと唾を飲み込んでから、呼び鈴のチャイムを鳴らした。

『はい……』と、インターホンから声が聞こえる。若い女性の声だ。小さな鈴をそっと鳴らしたような、美人を想像させる澄んだ声だった。

祐助が名乗ると、『お待ちしてました』とその人は言った。ほどなくして玄関が開き、一人の女性が出てくる。

「よく来てくださいました。どうぞ、入ってください」

祐助は門扉《もんぴ》を潜って彼女に挨拶した。白いワンピースの彼女は、思ったとおり綺麗な人だった。毛先が肩に軽く触れるミディアムヘアを揺らして、丁寧に頭を下げてくる。黒髪が実につややかだ。

「西条《さいじょう》若菜《わかな》といいます。今日はよろしくお願いします」

「あ……ど、どうも、八代祐助です」

若菜は小柄な女性だった。年齢は、奏と同じくらいだろうか？

大人の顔立ちをしているが、どことなく少女っぽい印象もあった。いかにも内気そうな、か弱い雰囲気の目元は、年下の祐助でもなんだか守ってあげたくなってくる。

(上品そうで、お淑《しと》やかで……いいところのお嬢様って感じだな)

そして彼女は、ふんわりとバニラの甘い香りがした。

家の中に入ると、広々とした吹き抜けの玄関ホールからリビングへと案内される。そこも広い。ダイニングキッチンとくっついているが、リビング部分だけで十二畳ほどありそうだ。ごちゃごちゃと家具が置かれていないので、なおさら広く感じた。

足の短いテーブルを半円状に囲っているソファー、テレビとその台——それに加えて、リビングにはもう一つだけ目立つものがある。

部屋の一角に設置された、天井まで届きそうな数本のポールと、いくつもの足場や丸い小部屋など。いわゆるキャットタワーだ。

そのてっぺんの足場で、猫が一匹、丸くなっていた。黒、茶、赤の毛色がまだらになった、サビ柄の猫である。それはムクッと起き上がり、鳴きながら床に下りてきて、いきなり祐助の脚に擦り寄ってきた。んにゃーん、ゴロゴロ。

「わ……可愛い猫ですね。名前はなんていうんですか？」

「シーザーっていうんです。すみません、八代さんは猫、大丈夫でしたか……？」

「はい、大丈夫です」祐助は、猫の鼻先に人差し指を差し出す。猫は指先の匂いをフンフンと嗅いだ後、その指に何度も頬を擦りつけた。相当に人懐っこい猫である。

やがて猫は満足した様子で祐助から離れ、半円状のソファーの片隅にぴょんと飛び乗ると、また寝っ転がって丸くなった。若菜に勧められて、祐助もソファーに腰掛ける。その前にあるローテーブルには、ノートパソコンが置いてあった。

ダイニングキッチンで、若菜が二人分のコーヒーを淹《い》れてくる。そして祐助にはケーキも出してくれた。

「すみません、手作りなんです。お口に合えばいいのですが……」

粉砂糖で白く彩られたガトーショコラだ。一口食べて、祐助は驚く。ちゃんとしたスイーツの店で売っているものと思えるくらい美味しかった。

そう伝えると、若菜はぽうっと頬を染めて、恥ずかしそうにうつむく。

「あ、ありがとうございます。夫が入院してから、せっかく作っても食べてくれる人がいなかったので……八代さんに喜んでいただけて、とても嬉しいです」

もじもじする様は、まるで褒められて照れるシャイな女の子のようだ。こんな可愛らしい女性と二人っきりでいることに、祐助はつい胸がときめいてしまう。

祐助がケーキを食べ終わると、いよいよ若菜は本題に入った。

「実は……これから夫とビデオチャットをするので、八代さんに手伝っていただきたいんです」と、彼女は話し始めた。

なんでも若菜の夫は、脚の骨を折る怪我をして入院中なのだという。

その彼の、入院生活における最大の苦痛は、愛猫のシーザーと会えないことだった。

とはいえ、入院病棟に猫を連れていくわけにもいかない。そこで、せめてビデオ通話で、シーザーの様子を夫に見せてあげたいと思ったのだそうだ。夫が入院している病棟はＷｉ‐Ｆｉが完備されていて、インターネットも自由に使えるらしい。

「はぁ、なるほど……。それで、僕はなにをすればいいんでしょう？　旦那さんに猫を見せるとき、なにか特別なことでもするんですか？」

「え……？　あ、いえ、いいえ」違いますと、若菜は手を振った。

「猫の話は、入院中の夫とビデオチャットを始めたきっかけで……八代さんに手伝っていただきたいのは別のことなんです」

「は……？」

要領を得ない彼女の話に、祐助は戸惑った。

と、なぜか若菜がソファーで腰をずらし、少し近づいてくる。

「その……ビデオチャットでやり取りしているうちに、夫が私に、違うことを求めてきたんです……」

もう一度腰をずらして、また少し近づく。

さらにもう一度繰り返し、すぐ隣まで来た。彼女の身体から漂うバニラの香りがより濃厚になり、祐助の鼻をくすぐる。

「さ、西条さん……？」

上品な人妻の美貌は真っ赤に染まっていた。彼女はうつむいたまま、おずおずと祐助の手を取る。

(え……!?)

戸惑っているうちに、祐助の手は、白いワンピースの胸元に被せられた。

夕美の巨乳や、奏の爆乳には遠く及ばない膨らみ。だが、確かな肉の感触が掌に伝わってきた。

「私の夫は……特殊な趣味というか、普通とはちょっと違う性癖の持ち主なんです」

震える声で若菜が言った。彼女の手も震えていた。早鐘を打つ心臓の鼓動まで、祐助は掌で感じた。

「入院中はセックスができないから、リモートで、その……いやらしいプレイをしたいと言うんです」

入院中の夫がウェブ会議ツールで指示を出し、祐助は彼の手となり足となりペニスとなって、この人妻を淫らに責める——そういうことを望んでいるのだそうだ。

「だ、旦那さんは……いや、あなたはそれでいいんですか……!?」

若菜は小さく頷き、消え入りそうな声で答える。

「はい……私も、そういう女なんです」

彼女が言うには、祐助の隣人である渋谷夕美は、若い頃にあちこちの秘密サークルに顔を出していたという。それらのサークルの中には、特殊な性癖を持つ人たちの集まりもあり、若菜が夕美と知り合ったのもそういう繋がりなのだとか。

「夕美さんの紹介で来てくれたのだから、八代さんもそうなのですよね……？」

上目遣いで、若菜がじっと見つめてくる。

「い、いや、僕は……」違うと否定しかけて、しかし口をつぐんだ。

夫にリモートで監視されながら、その妻に手を出す。なるほど、それなりの度胸がなければなし得ないことだろう。ペニスを勃たせるだけでも難しいかもしれない。

(だから、度胸の訓練なのか)

正直、無茶苦茶だと思った。度胸をつけるなら、人がたくさんいる駅前で歌を歌うとか、遊園地で絶叫マシンに乗るとか、もっとまともな方法があるではないか。

しかし、無茶苦茶だが——悪くはない。

彼女の胸元へ当てられた掌に、ちょっとだけ力を入れてみた。掌にすっぽりと収まる膨らみは、なかなかの弾力が感じられた。

「あん……」と、微かに震える若菜。

困ったように眉根を寄せるも、決して祐助の手を振り払おうとはしなかった。耳まで赤く染めているのが、愛らしくも艶めかしい。

祐助は言った。「……わかりました。お手伝いさせてもらいます」

ズボンの中では熱い血が海綿体に流れ始め、早くも牡の肉がじわじわと膨らみだしていた。

2

若菜はパソコンを操作して、ウェブ会議ツールの〝ミーティング〟の招待メールを送る。メールに添付したＵＲＬに夫がアクセスすれば、後は大した手間もなくビデオ通話が始められるのだ。

ほどなくして、ノートパソコンに〝ミーティング〟参加希望者の通知が来た。参加を許可し、いよいよビデオ通話を開始する。

あれ？　と、祐助は不思議に思った。ウインドウの半分にはこちらの映像が映し出されているが、もう半分に夫の顔が表示されない。真っ黒なのだ。

「なんで向こうの映像が映らないんでしょう？」

祐助の疑問に、若菜は困惑した顔で首を傾げる。

すると、触れてもいないのにキーボードを叩く音がした。それはノートパソコンのスピーカーから聞こえてくる音だった。

ウェブ会議ツールのウインドウの右側には、文字によるチャットのエリアがあり、そこにメッセージが表示される。

――初めまして、八代祐助くん。若菜の夫の西条圭《けい》です。

「え？　も、文字のチャットを使うんですか？」祐助は戸惑った。せっかくのビデオ通話なのに、なんでわざわざ文字を使うんだ？

すると、またもキーボードの打鍵音がスピーカーから流れてくる。

――失礼、こちらは相部屋なので、声を出すことができないんだよ。

ああ、なるほどと、祐助は納得した。

これから祐助が夫の代理となり、リモートで淫らな行為に及ぶわけだが、他の入院患者が同室にいては、夫は声で指示を出すことができない。だから文字によるチャットを使うというのだ。

ただ、こちらは気にせずにしゃべっていいという。夫はヘッドホンをつけていて、若菜がどんなはしたない声を上げたとしても、周りに聞かれる心配はないそうだ。

そして、向こうからの映像がオフになっているのは、夫なりの気遣いだという。

――僕の顔が見えない方が、八代くんも緊張しないですむだろうと思ったんだよ。でも、どうかな？　もしかして、僕の顔が見えている方が興奮するかい？

「い……いえ、このままで結構です」

いくら祐助がただの代役とはいえ、これからするのは、夫の目の前で妻を寝取るのとそう変わらない行為だ。

この夫は、あるいは寝取られ願望があるのかもしれないが、祐助としては、彼の視線を感じたままでは、気まずさに耐えられなくなりそうである。

――わかったよ。それじゃあ、これで始めよう。若菜、あれを。

そのメッセージを読んだ彼女は、「……はい」と応えてソファーから立ち、テレビ台の扉を開けた。なかにあるものを取って、またソファーに戻ってくる。

彼女が持ってきたものは、小脇に抱えるのがちょうど良さそうな大きさのポーチだった。高級そうな革製で、もしかしたらブランド品なのかもしれない。

その中から若菜が取り出したのは――首輪だった。

お洒落なチョーカーなどではなく、ペットの犬や猫につけるような首輪である。鈴もついている。若菜はそれを、恭《うやうや》しく両手で差し出してきた。

「……どうぞ、私の首につけてください」

「え……これを、ですか？」

首輪を手に、祐助は目を丸くする。これじゃまるで——SMみたいじゃないか。

若菜は胸の前で祈るように手を組み、顎を上げて、ほっそりとした喉を無防備に晒してくる。

それを見て祐助は理解した。彼女が望んでいるのはまさにSMそのものだ。一匹の牝として、この首輪を嵌めてほしいのだ。

(僕にご主人様役をしろっていうのか？　そんな——)

祐助は、今までに一度も誰かに暴力を振るったことがない。殴るのも殴られるのも、どちらも怖かったからだ。そんな気弱な自分に、Sの代役など務まるだろうか？　途端に額から汗が噴き出す。

だが、今さら無理ですとも言いづらかった。

やるにしろ、やらないにしろ、どっちを選ぶにも度胸がいる。そうだ、度胸だ。祐助はハッとした。これはまさに度胸を磨《みが》く特訓である。頭の中に、ニヤニヤ笑う夕美の顔が浮かんだ。

（見事にやり遂げて、度胸をつけろってことか）

祐助は覚悟を決める。未だ震える指で、人妻の首に愛玩動物の証《あかし》を巻きつける。

瞳を閉じてなすがままの若菜は、祐助が首輪を嵌め終わると、ふうっと熱い息を吐き出した。

「すみません、こんなこと初めてで……あの、苦しくないですか？」

「……ええ、大丈夫です」

指先で首輪の存在を確かめ、若菜はうっとりと目を細める。

キーボードを叩く音がして、祐助はノートパソコンを見た。

――ありがとう、八代くん。今日もよく似合っているよ、若菜。

続けて夫からの指示が送られてくる。まずは、キスだった。

ソファーに座る二人は、さらに身体を近づける。互いの膝が触れ合うや、揃ってビクッと身を震わせる。

（いくら画面に顔が映ってなくても、旦那さんに見られていると思うと、やっぱり緊張するな……）

若菜の身体にも、緊張の震えや強張りが表れていた。

だが、祐助を真っ直ぐ見つめる瞳には、確かな期待の色がうかがえる。夫の命令に嫌々従っているわけではなさそうで、そのことが多少は祐助を安心させてくれた。

ゆっくりと顔を近づけ、人妻の朱唇に迫る。彼女は目を閉じ、祐助もそうした。つややかに光る小振りの唇に、己の唇をそっと重ねる。

祐助は自身の唇で、鳥が餌をついばむように、彼女の下唇を挟んで引っ張った。弾力のある若菜の唇がプルンと弾ける。繰り返すうち、彼女の鼻息はどんどん乱れ、ねっとりとした熱気を帯びていく。

朱唇が微かにほころぶと、祐助はそこに舌を差し込む。可憐な人妻の口腔の奥まで潜り込ませるのは、なんとなく気が引けた。互いに舌先だけを触れさせて、チロチロと擦り合わせる。若菜もそれなりに積極的に動かしてくれた。

「ん……ふぅ……ううん」

若菜の艶めかしい呻きが、男の情欲をくすぐる。舌先に絡みつく彼女の唾液は、ほんのりと甘酸っぱい。

もっと奥まで舌を入れようかと考えるが、不意にカチャカチャと打鍵音が鳴り、祐助は思わず口づけを解いた。

パソコンの画面に、チャットの新しいメッセージが表示されている。

——もういいよ。次にいこう。

　気のせいか、これまでのメッセージよりぶっきらぼうな感じがした。やはり自分の妻が、目の前でよその男とキスをしているのは不愉快だったのだろうか？　祐助はビクビクしながら若菜の方を見る。若菜は、メッセージに気づいてもいない様子だった。濡れた瞳で、うっとりと祐助を見つめていた。

「……とっても素敵なキスでした」と、彼女は呟く。

「ハ、ハハ、僕もです……」

　旦那のことが気になる祐助は、彼女と見つめ合うことができなかった。もじもじしていると、次の指示メッセージが送られてくる。

　──若菜、服を脱いで、彼に身体を見てもらいなさい。

「……はい、わかりました」

　従順なる妻はソファーから立ち上がり、ゆっくりと、しかし躊躇うことなく、胸元のボタンをすべて外していく。

　庭を見渡せる大きな窓は、薄いレースのカーテンで覆われているのみである。だがこの家は、葉が密生した、背の高い生け垣に囲われていて、外からリビングを覗かれる心配はなさそうだった。

（だからって、僕に見られるのは平気なのか？）

祐助はドキドキしながら、人妻のストリップをかぶりつきで眺める。若菜は、祐助の視線をチラッと確認し、恥ずかしげに目を伏せるが、それでもワンピースの裾をめくり上げていった。

ほっそりとした美脚。太腿の上品な肉づき。華奢《きゃしゃ》な体つきながら、腰周りはそれなりに脂が乗っている。官能的なカーブを描いている。

そしてパンティは純白。凝った刺繍《ししゅう》は施されてはいなかったが、代わりに小さな蝶のようなリボンが、正面の上部にちょこんと乗っていた。

(可愛らしいパンツだな。そういうのが好きなのかな)

と、祐助は微笑ましく思う。

ブラジャーにもリボンがついていて、しかもカップの縁はフリルで飾られていた。セクシーな大人の下着とはいいづらいが、少女のあどけなさをときおり感じさせる若菜にはよく似合っていた。

若菜はたたんだワンピースをソファーに置くと、背中を向けてブラジャーを外し、靴下とパンティも脱いで、それらもひとまとめにする。

生まれたままの姿となった彼女は、ゆっくりと祐助の方へ振り返った。さすがに恥ずかしいのか、美貌を真っ赤に火照らせ、有名な『ヴィーナスの誕生』の絵画よろしく、胸元と股間を両手で隠している。

なんて綺麗な裸なんだろうと、祐助は思った。

白く透き通るなめらかな肌は、まるで白磁のよう。染み一つなく、つややかに輝いている。皺もたるみも見当たらない。

全体的な肉づきは控えめだが、骨張っているわけではなく、丸みを帯びた輪郭線は充分に女性的だ。ムチムチの豊満ボディとはまた違う趣を感じる。

その美しさにしばし見とれ、そしてつい、

「西条さんって……おいくつですか？」

尋ねてしまってから、すぐにハッとして謝る。「あっ……女性に年齢を訊くのは失礼ですよね。す、すみません」

若菜はいいんですよと言って、微かに相好を崩した。

「私、若く見られがちなんですが……これでも三十四歳なんです。すみません、おばさんで」

「えっ、三十四歳ですか……!?」大人の女性だとは思っていたが、まさか奏より四つも年上だったとは——祐助は少なからず驚き、目を真ん丸にする。

そんな祐助を見て、若菜はちょっと申し訳なさそうに苦笑を浮かべた。祐助はしまった気づき、慌ててブンブンと首を振る。

「ち、違います、あの……西条さんの身体がとても綺麗だから、ちょっと驚いただけです。こんなに綺麗な肌の人は、二十代でもそうはいないだろうなって思って……」

「まあ……」若菜の頬の赤みが増す。「本当ですか？　ありがとうございます」

彼女は恥ずかしそうにうつむくと、小さな声で言った。

「じゃあ……私の身体、全部見てください」

おずおずと両手を下ろし、隠していた部分をさらけ出す。

「おおっ……」と、祐助は思わず声を漏らした。

お椀《わん》をひっくり返したような形の乳房は、実に美しかった。巨乳とも微乳ともいいがたいサイズで、おそらくはCカップくらいだろう。

しかし、ただ形が綺麗なだけではない。標準的なサイズの乳房とは裏腹に、膨らみの頂上の突起はなかなかの大きさだった。それが男の目を愉しませてくれる。

(グロテスクなほど巨大な乳首ってわけじゃないけど、オッパイが普通の大きさだから、かなりの存在感がある)

触ってみたい、いじってみたいと、食指が動いてウズウズした。

そして視線を下ろせば——恥丘を覆う草叢も、祐助の目を引く。生えている面積はさほど広くないが、密度が濃く、毛も長くて、燃え盛る炎の如くうねっていた。清楚な人妻には似つかわしくないアンダーヘアだが、それがまた扇情的である。

「とっても綺麗で――そして、凄くいやらしい身体です、西条さん」

「ああ、そんな、いやらしいなんて……」

若菜は両手で顔を覆い、イヤイヤと首を振った。が、

「でも、若い男の方にそんなふうに思ってもらえて、恥ずかしいけど嬉しいです。あの、八代さん……お願いしてもいいですか？」

「はい、なんでしょう……？」

「私のこと、名前で呼んでいただけますか？　若菜と」

両手を胸の真ん中に当て、じっと見つめてくる若き熟妻。

「は、はい……じゃあ、若菜さん、僕のことも祐助と呼んでください」

「はい、祐助さん……。ああ、なんだかとってもドキドキしてきました」

顔だけでなく、彼女の雪のように白い身体まで赤く染まりだす。薄桃色の乳首が、さらに色を濃くしたように見えた。

と、不意にキーを叩く音がして、新たなメッセージが届く。

――八代くん、さっきのポーチに手錠が入っているだろう？

「て、手錠ですか？」

首輪が入っていた例のポーチは、ソファーの前のローテーブルに置いてあった。祐助は中を見てびっくりする。そこにはバイブやローターなどのアダルトグッズがいくつもあったのだ。その中に、確かに手錠らしいものがあった。警察が使うようなものとは違っていて、革製のリストバンド二つが鎖で繋がれていた。

その手錠で君の好きなように若菜を拘束してくれないかと、さらなるメッセージが届いた。

（好きなようにって言われても……）

なにやら試されているような気がした。祐助にSMの才能があるか、確かめようというのだろうか。

この夫のお眼鏡に適《かな》いたいわけではなかったが、しかし若菜の期待には応えたいと思った。彼女は餌をお預けされた犬のように、切なげな眼差しで待っている。

（前に見たAVで、ソフトなSMシーンがあったな）

そのAVでは、女優を後ろ手にして拘束していた。祐助は手錠を持って、若菜の背後に回る。

だが、手錠を掛ける前に、彼女の後ろ姿につい見入ってしまった。ミディアムヘアの襟足《えりあし》から覗く華奢な首筋と、すべてを祐助に任せきったような無防備な背中──。

まるで魔法にかけられたみたいに、祐助の胸中にムラムラと嗜虐心が湧いてくる。

彼女の背中からは、男を狂わせるM女のオーラが出ていた。

（ただ手錠を掛けるだけじゃつまらない。もっと若菜さんを辱《はずかし》めたい）

祐助は、改めて部屋の中を見回す。

「こっちに来てもらえますか？」と、若菜をキャットタワーの前に移動させた。

さらに両手を上げさせると、キャットタワーのポールの裏側に鎖を引っ掛けるようにして、手錠を装着する。万歳状態で彼女を拘束した。

「こんな感じでどうでしょう？」

パソコンのカメラを若菜に向けると、ほどなくして返事が来る。

──おお、とてもいいね。

どうやらお気に召したようだ。そして当の若菜は、

「ああっ……こ……こんな格好、恥ずかしいです……いやぁ」

しきりに腋を閉じようとしている。しかしポールの裏側に手錠の鎖が引っ掛かって、それが叶《かな》わない。祐助は彼女に近づき、腋の下を覗き込んだ。バニラの香りと共に、仄かな汗臭がふわっと鼻腔をくすぐる。

「あっ……毛が少し生えてるんですね」

「いや、いやっ……駄目です、見ないでください……あぁ」

縮れた繊毛が、腋の窪みでまばらに煙っていた。

陰毛はなかなかの濃さだったが、こちらはそうでもない。ただ、女性の腋に毛が生えていること自体、祐助には軽い衝撃だった。大人の女性は、皆、腋を剃《そ》るものだと思っていた。

「これ、お手入れをサボっていたんですか？　それとも趣味で生やしているとか？」

「ち、違います。これは、夫に言われて……」

彼女が言うには、普段から腋毛を剃らないようにと、夫から命令されているのだそうだ。夏場はどうしても半袖の服を着たくなるので、外出時には、誰かに見られやしないかとドキドキするのだという。

（ふぅん……でも、さっきまで着ていたワンピースも、半袖だったよな）

今は十月、季節はもう秋だ。暑くて長袖が着られないような陽気ではない。祐助が来るのはわかっていたはずだから、腋を晒す危険のある半袖のワンピースなど着なければ良かったのにと思う。

（案外、恥ずかしいのが嬉しいのかも。ＳＭで、そういうプレイもあるらしいし）

ふと、奏とのセックスが思い出された。彼女は自分の乳輪が膨らんでいるのを恥ずかしがっていて、祐助はわざとまじまじと眺めた。羞恥に悶える彼女に興奮した。

（もしかしたら僕って、結構Ｓの趣味があるのかも……）

そんなことを考えながら、遠慮なく観察を続ける。

清楚な人妻の腋に煙る秘毛──その有様に、男の劣情が高ぶっていく。

「くうぅ、そんな、ジロジロ見ないでください……あぁん」

不躾な男の視線を受けて、若菜は切なげに声を上げ、イヤイヤと身をよじった。推定Ｃカップの膨らみが、プルップルッとわずかに揺れ動く。

また打鍵音がした。祐助は振り返ってノートパソコンを見る。

──八代くん、若菜の股間の様子を教えてくれるかい？　もう濡れているんじゃないかな？

祐助は若菜に、「アソコを確認するので、股を広げてください」と言う。若菜にとっては、腋毛を見られるよりは恥ずかしくないらしく、素直に両足を広げてくれた。

祐助は腰を落とし、女の秘部に顔を寄せる。すると、女体を包むバニラの香りが、より濃くなった。

「このバニラの匂い、もしかして若菜さんのアソコの匂いですか？」

若菜は首を振る。「アソコじゃなくて、内腿に香水を……オードトワレをちょっと吹きかけたんです」

後はうなじにもかけたそうだ。バニラの甘い芳香が、女体をさらに美味しそうに演出していた。祐助は溢れる唾液を飲み込んで、

「若菜さん、股ぐらをもっと広げてくれますか？」

彼女に片足を上げるよう指示する。その足を、キャットタワーの最下段の足場に載せてもらった。太腿の付け根がぱっくりと開き、秘裂の内側があからさまになる。

「あぁ、私のアソコが、祐助さんに見られている……」

細身の熟れ腿がプルプルと震えていた。

華奢な彼女らしく、割れ目の縁の膨らみはやや薄めである。恥丘の黒々とした茂みが、肉土手の途中辺りまで続いている。

そして夫の予想どおり、内側の媚肉はじっとりと潤っていた。

上品に黒みがかった、つややかで深い赤――その肉弁はかなりの大きさで、蛇腹《じゃばら》の如く波打ち、割れ目の外まで優にはみ出している。

（このビラビラって、セックスをいっぱいする人ほど大きくなるのかな？）

若菜の花弁は、夕美と同じくらいの大輪だった。では若菜も、あの助平な熟れ妻と

同じくらい、男のモノを嵌めてきたのだろうか？　妄想が膨らみ、ファスナーが壊れんばかりにズボンの前が張り詰める。

祐助はノートパソコンを手に持ち、カメラを近づけて淫らな濡れ肉をアップで映した。「おっしゃるとおり、もうこんな感じです」

するると新たな指示がディスプレイに表示される。

――それじゃあ八代くん、若菜を本格的に悦ばせてあげてくれるかな。ポーチの中のものはみんな若菜のお気に入りだから、なにを使ってもいいよ。

「わかりました」

祐助はノートパソコンをローテーブルに戻すと、ポーチの中の数々の淫具を物色した。バイブもローターも使ったことはなく、どれも興味をそそられる。

だが、祐助が最初に手にしたのは――筆だった。

「若菜さん、これもエッチなことに使ってるんですか？」

「は……はい、そうです」若菜は小さく頷いた。

祐助は首を傾げ、それを眺める。どう見てもただの絵筆だ。種類は平筆、毛は硬め。穂先で軽く掌を撫でてみると、くすぐったくてゾクッとする。

（もしかして、こういう使い方か？）

拘束状態により閉じることのできない腋の下を、筆でそっとなぞってみた。

「あ、あぅんっ……」若菜は身をよじって穂先から逃げようとする。

だが、本気で嫌がっているようには見えなかった。やはりこの筆は、若菜のお気に入りの一つなのだ。彼女の悩ましい声を聞きながら、腋の下に次いでウエストのくびれを撫で、縦長のヘソの窪みをさすり、それからまた筆先を上へ移動させる。

形のいい膨らみの裾をなぞって、螺旋を描くように筆を動かした。穂先が少しずつ乳丘の頂上へ上っていくのを、若菜は熱い眼差しで見続ける。彼女の吐息がどんどん乱れていく。

とうとう筆先が頂上へ到達すると、若菜はヒクヒクッと女体を震わせた。

「はっ、ひいっ……あっ、ふんんっ……！」

祐助は、古い地層で貴重な化石を見つけた研究者が慎重に土を払いのけるように、ピンクの突起に穂先を当てていく。上から下へ、下から上へ。左右からも。

「こんな感じで、気持ちいいんですか？」

「ひゃっ……は、はい、ゾクゾクして……ああっ、たまらないんです……くふっ！」

若菜が女体をくねらすたび、首輪の鈴がチリリン、チリリンと音を鳴らした。

瞬く間に乳首は充血し、元から大きめだったのが、さらに一回り膨張する。

心なしか乳輪も微かに膨らんだようだ。目を凝らすと、薄桃色の輪に小さな粒がポツポツと点在しているのが見えた。作り物のように綺麗な膨らみの中で、そのポツポツがなんとも生々しく、卑猥ないやらしさを演出している。

（……このエロい乳首に、あれを使ってみるか？）

反対側の乳首もたっぷり筆で責め、充分に勃起させると、祐助は例のポーチに手を伸ばした。次に選んだのは、プラスチック製のよくある洗濯バサミである。

試しに自分の指を挟んでみる。かなり痛い。挟みつける部分がギザギザしていて、皮膚に食い込んだ。思った以上に強力だったので、念のために尋ねてみる。

「これで挟んでも……大丈夫ですか？」

洗濯バサミで、尖った乳首をツンとつついた。彼女の顔に緊張が走る。だが――

「……はい、何度もやったことがありますから。どうぞ、お願いします」

若菜ははっきりと言い切った。祐助はドキドキしながら洗濯バサミを開き、思い切って乳首を挟む。

「んぎっ……お、おほおぉ……！」

その悲鳴には、間違いなく苦痛の色が表れていた。

しかし、怖《お》じ気づく祐助の前で、若菜の表情はじわじわと変化していく。険しく苦しげに強張っていた顔が緩んでいき、ついには口元に微かな笑みまで浮かべる。

「このとおり、大丈夫ですから……どうぞ、続けてください」

「は、はい」

もう片方の乳首にも洗濯バサミを噛ませると、若菜は全身を硬直させるが、時間が経てばやはり強張りは薄れていって、うっとりと美貌を蕩けさせるまでになった。

祐助はしゃがんで女の股ぐらを覗き込む。先ほど見たとき以上に媚肉は濡れそぼち、溢れた女蜜が内腿に筋を作っていた。

(痛いのに、本当に感じているんだ。凄いな……)

マゾ牝の本領に圧倒されつつも、負けじと獣欲を高ぶらせる。怒張するペニスから、祐助もまた透明な汁を溢れさせ、ボクサーパンツをぐっしょりと湿らせた。

バニラの香りに引き寄せられ、祐助は舌を伸ばして顔を近づけ、ペロリペロリと媚裂を舐め上げた。仄かにチーズの風味があり、ねっとりとした舌触りはさながらレアチーズケーキである。赤い肉ビラはラズベリーの如き彩りを添えている。

(ちょっとだけど、汗やオシッコの刺激臭もある。ああ、とっても美味しくて、いやらしい……)

包皮を剥いてクリトリスを露わにし、吸いついて舐め擦った。膨らんできたら舌先で上下左右に転がしまくる。

「ふあぁ、祐助さん、凄く上手です……もっと、もっとしてください……あ、あっ、舐めて、噛んでぇ」

肉豆は、小指の先ほどに膨らんでいた。祐助が上下の前歯を食い込ませると、

「ひぃぃん！　そ、そうぅ、もっと強く、もっとクリをいじめてください……！」

淫らな懇願に、祐助はさらなる嗜虐心を芽生えさせる。洗濯バサミをもう一つ手に取り、パンパンに勃起したクリトリスの前で挟み口を広げた。

が、そこまでして手が止まる。この洗濯バサミでもし自分の亀頭を挟んだら――つい想像してしまい、睾丸が縮み上がるようなゾワッとした感覚に襲われる。

ふと顔を上げると、若菜と目が合った。瞳に被虐《ひぎゃく》の炎をともし、爛々と輝かせて、彼女は祐助を見下ろしていた。

視線が促してくる。急《せ》かしてくる。祐助は意を決して、クリトリスを挟んだ。洗濯バサミはまるで獰猛《どうもう》な獣の如く、女の最も敏感な器官に咬《か》みつく。

その瞬間、若菜の身体が跳ねた。

「う……うぎぃぃッ！　ひ、ひぃィ、イックゥうううッ……!!」

背中を弓なりにし、ガクガクと腰を震わせる。洗濯バサミも激しく揺れるが、捕ま

えた獲物を放すまいとばかりに、クリトリスにずっと食らいついていた。

「ヒ、イイッ……もげちゃいます、クリ、痛い、いいィン……！」

それすら愉悦なのか、若菜は苦痛と悦びの入り交じった声を漏らして、狂おしげに悶える。そして徐々に痙攣を鎮めていった。

キャットタワーのポールにぐったりと背中を預ける若菜。唖然としていた祐助は、ようやく尋ねることができた。

「今ので、イッちゃったんですか……？」

ゼエゼエと喘ぎながら若菜は頷いた。蚊の鳴くような声で「……はい」と答えた。

すると打鍵音が響く。ノートパソコンに新たなチャットのメッセージが届いた。若菜の夫は、祐助のマゾ責めを、初めてにしてはお見事だったよと褒めてくれる。そして、こう続けた。

――さあ、次はいよいよセックスだね。よろしく頼むよ。

3

夫の指示で、今度は若菜が積極的に動くこととなった。

三つの洗濯バサミを外し、キャットタワーでの拘束を解くと、若菜は、祐助が服を脱ぐのを手伝ってくれる。シャツに次いでズボンを脱がしてくれた彼女は、ボクサーパンツに張られたテントの大きさに目を見張った。

「す、凄いです。男の人のここが、こんなに大きくなるなんて……」

若菜は床に膝をついた格好で、祐助のパンツを丁寧に下ろしていく。

フル勃起の巨根が、下腹を打たんばかりの勢いで飛び出すと、彼女は一瞬驚き、その後、クスッと笑った。

「ふふっ……やっぱり若い方はとても元気ですね」

祐助は照れ笑いを浮かべ、自分で肌着を脱ぐ。その間に若菜が靴下を脱がせてくれて、すっかり丸裸となった。

――それじゃあ八代くん、もう一度、若菜に手錠を。

「あ、はい」

祐助は彼女を後ろ手にして、改めて手錠を嵌める。それからローテーブルのノートパソコンの向きを調整し、その真正面のソファーに腰掛けた。

女性が積極的に動くとなれば、必然的に男にまたがる体位となる。罪人のように両手を背中で拘束された若菜が、ソファーに乗っかり、祐助の腰の両脇に足を置いた。

「すみません……オ、オチ×チンを上に向けてくださいますか」

彼女に促され、祐助はペニスを握って真上に向ける。そこへ仄かに熟れた女腰が下りてきた。濡れた肉唇が、ヌチュッと亀頭にキスをする。

穴と棒の位置を調整するため、若菜は卑猥に腰をくねらせた。

ぴったり一致すると、ズブリと挿入が始まる。対面座位による結合——亀頭が潜り込み、雁のくびれが膣門に締めつけられる。そして竿が少しずつ、熱く蕩けた肉壺に呑み込まれていく。

「くおっ……う、うぐうぅ……！」

「あ、あぁ、やっぱり大きい……お腹が、パンパンになっちゃいます……！」

小柄で華奢な彼女は、膣路の奥行きも短めだった。祐助の巨根の三分の一近くを余らせて、亀頭が行き止まりに届いてしまった。

打鍵音がして、夫から妻へメッセージが送られてくる。

——若菜、それ以上はもう入らないのかい？

「は、はい……ごめんなさい、ここまででもう限界です……お、おうぅ」

彼女は精一杯頑張っているようだが、どうしても三、四センチほど、入りきらない部分があった。

「あの……無理しないでいいですよ。全部収まらなくても充分気持ちいいですから」

「す、すみません、それじゃあ……始めますね」

スクワット運動のように膝を屈伸させて、若菜が腰を上下に動かしだす。

彼女の膣穴の特徴は、肉襞の形状だった。ミルフィーユのように折り重なった無数の薄い襞が、穴の中を埋め尽くしている。

その襞の一枚一枚がペニスに絡みつき、抽送に合わせて甘美な摩擦感をもたらしてくれた。祐助はたまらずウウッと唸る。

(まるでたくさんの小さな舌が、いっせいにチ×ポを舐めているみたいだ……！)

若菜は短いストロークで嵌め腰を使った。小刻みに往復すれば、その分、肉襞とペニスの擦れる回数も増える。

抜きから差しに、差しから抜きに切り替わる瞬間、太マラとの摩擦で押し倒された膣襞が、ベロンと反対側にめくれ返るのだ。そのときの摩擦感たるや、手淫や口淫では決して再現できぬ心地良さだった。

「わ、若菜さん、その動かし方、とってもいいですっ」

若菜は「ありがとうございます」と言って微笑んだ。「……大きく動かすより、この方が気持ちいいって、夫にも言われているんです」

騎乗位のスクワットも小刻みの方が楽なので、若菜としても都合がいいという。

それに加えて――彼女のポルチオは充分に開発されているようだ。軽快な逆ピストン運動で膣底を小突き続け、少女らしさの残る美貌がみるみる蕩けていく。

「あ、あう、はうぅん、祐助さんのオチ×チン、とっても素敵です……大きくて、硬くて、奥にズンズン響きます……！」

奏や夕美とも違う、若菜ならではの嵌め心地に、祐助も酔いしれた。

（くすぐったいような、ぞわぞわする感じがたまらない……！）

だが、ほどなく抽送のリズムが加速しだす。荒々しくなっていく。

若菜は腰を浮かせると、両膝の力を一気に抜いた。祐助の剛直が膣奥に突き刺さり、彼女の全体重がその一点に支えられる。

「ヒイッ……うっ、ぐぐっ……お、お腹に穴が空いちゃいそうです……こんなの、初めてっ……んおっ、おう、おふうっ……！」

いつまでも普通の肉悦だけで満足できる若菜ではなかったのだ。

マゾ牝の本能のままに腰を振り、子宮の入り口を嬉々として抉った。さながら串刺しの刑で、とても快美感だけではすまないはずである。

痛いはずだ。苦しいはずだ。内臓に直接打撃を加えているのだから。

だがそれも彼女にとっては大きな悦びなのだろう。ポルチオの性感と混ぜ合わさって、清楚な人妻をどんどん狂わせていった。

「んっ……ほおっ……凄っ、凄いです、祐助さんの……オチ×ポぉ！　もっと奥まで入れたい……このオチ×ポ、全部欲しいですっ！」

乱暴ともいえる屈伸でソファーが軋み、座面が揺れる。これまで、飼い主がどれだけマゾ悦の叫びを上げようと動じなかった猫のシーザーが——さすがに寝ていられなくなったのだろう。ウニャアァと不機嫌そうに鳴いて、ソファーの端から飛び降り、キャットタワーの丸い小部屋に避難していった。

「ちょっ……若菜さん、そんなに激しくされたら……！」

ヌチュチュッ、ヌチュチュッ。蜜壺の中にひしめく肉襞という肉襞が、亀頭に、雁首に、裏筋に絡みつき、擦り立ててくる。

祐助の射精感は一気に高まっていった。なにしろ今日は、まだ一回も発射していないのだから。先ほど、嗜虐心を盛らせて女体を責めている間、ズボンの中のペニスは先走り汁を盛大にちびりながら、自分の番が来るのを今か今かと待ち続けていた。もはや堪えが利かない。

（このままじゃ、僕だけ先にイッちゃうかも）

それでいいのだろうか？　祐助は今、彼女の夫の代役を務めているのだ。妻を愛する夫は、なにをすべきか？　額に大粒の汗を浮かべて腰を振っている彼女に対し、なにもしないで座っていていいのか？

目の前で美乳がプルンプルンと揺れていた。祐助は思い立って、ソファーの前にあるローテーブルに手を伸ばす。もっと伸ばす。でも届かない。

「ごめんなさい、若菜さんっ」

「えっ？　あ、やあぁん」

祐助は斜めに身を乗り出し、さらに手を伸ばした。後ろ手に拘束された若菜は、祐助に押しのけられる形でバランスを崩し、後ろに倒れそうになる。が、祐助は、もう片方の手で彼女の腰を抱え込んで、それを防いだ。

そしてようやく、ローテーブルの上のポーチに手が届いた。つかんで、ソファーの座面に移動させる。その中から、先ほどの洗濯バサミを取り出した。

そして再び——今度は躊躇《ちゅうちょ》なく——彼女の左右の乳首にそれを咬みつかせる。

「はひぃぃ、あ、ありがとうございますっ」

それがM女の礼儀なのか、若菜は嬉しそうに感謝を述べると、勢いよく逆ピストン運動を再開した。

　だが、祐助はなおもポーチの中を探る。続いて手にしたのは、有線イヤホンのようにコードが二股に分かれ、それぞれの先に振動部がついているローターだった。

　コントローラーの電源ボタンを押せば、二つの振動部が同時に唸りだした。ローターを使うのは初めてだったが、力強いバイブレーションは思った以上である。

（若菜さんは、これでどれだけ感じるんだろう）

　ウィンナーソーセージに似たパープルカラーの振動部。それを両手で一つずつ持ち、プルンプルンと縦揺れしている双乳に近づける。

　そして、そっとあてがった。ただし――乳房ではなく、その先端に食らいついている洗濯バサミにである。

　乳首を押し潰している洗濯バサミに強力な振動が伝わると、若菜はビクンと仰け反った。

「アウウッ！　そ、それ、あぁ、凄くいいですっ。乳首が、ひぃん、ビリビリしちゃいます。痛くて気持ちイィ……！」

　振動部を洗濯バサミに当てるたび、若菜は背中を反らして身悶える。

　祐助は、まるで電気ショックの拷問で女体を責めているような気分になった。だが、彼女の美貌は喜悦に染まり、朱唇から漏れる声はなんとも艶めかしい。そのせいで罪悪感は湧かず、逆に昏《くら》い興奮が込み上げてくる。

「んっ、ぐううぅ！　イッちゃいそう、私もう、イッちゃいますっ……ほぉお、ん、おぉ……い、いいっ！」

この華奢な身体のどこにそんな力が——と思えるほどの激しさで、若菜は小刻みな嵌め腰を最高潮に轟かせた。

ジュブッジュブッと蜜穴を掻き混ぜる音が鳴り響き、肉幹を伝って滴る牝の本気汁は、陰嚢を濡らしてソファーまで垂れていく。

「ああっ、僕も、イキます、出しますよ……ウッ、クッ……！」

結合部から立ち上るバニラとチーズの淫臭に、祐助は陶然とする。下腹の奥から迫り上がる射精感を止められない。

「出るっ……あ、あっ、若菜さんのオマ×コに……ウウウーッ!!」

腰が抜けそうなほどの激悦にたまらず息み、一番搾りのエキスを、ドロドロの濃厚ザーメンをおびただしく噴き上げた。

鎌首をしゃくらせ、人妻の秘壺に何度も牡汁を注ぎ込むと、

「ひ、ひっ！　んあぁ、熱いのがいっぱい、ビュッビューって、凄い量っ……中出し、いい、好きぃ！　お腹が、子宮が、タプタプになっちゃいます……！」

若菜はピンクに火照った濡れ肌をブルブルと震わせ、歓喜を極める。そして男の後を追うように自らも昇り詰めた。

「あぁあ、あなた、ごめんなさい……！　おほぅ、イク、イグッ、んンンーッ!!」

後ろ手に拘束されたマゾ妻が、股ぐらをぱっくりと開いた蹲踞の姿勢で、隣近所に聞こえてしまいそうな叫び声を上げる。

狂おしげに戦慄く女体。蠢き痙攣する膣肉。射精直後のペニスを揉み込まれ、尿道内の残滓まで搾り取られる感覚に、祐助は奥歯を噛んだ。

やがて若菜はぐったりする。力尽きたように喘ぎ、ときおり「あん……あぅ……」と呻いて、アクメの名残のようにピクッピクッと腰を震わせた。

「あぁん……祐助さんのオチ×チンが突き刺さったままだと、たまらないです」

剛直がつっかえていては尻を着座させることもできず、若菜は人心地がつかないのだろう。気だるそうに腰を持ち上げてペニスを引き抜き、よろよろと危なっかしげにソファーから降りた。

「だ、大丈夫ですか？」

「はい、なんとか……」若菜は弱々しく微笑む。「でも、もうくたくたです。ＳＭプレイで、夫に一晩中虐められたときみたいに……」

祐助のM女を責めるテクニックはまだまだだろうが、完熟妻の夕美も夢中になるほどの逸品ペニスのおかげで、若菜は充分に満足したようだった。

しかし、祐助はまだ満足にはほど遠い。一度の射精など準備運動のようなもので、肉棒は少しも萎えることなく力感をみなぎらせている。

そんな若勃起を惚れ惚れと眺めながら、若菜は祐助の股の前にひざまずいた。

「せめてお口でお相手させてください。ああ、こんなに大きなオチ×チン、どこまで咥えられるかしら……」

泡立つ牝汁とザーメンにまみれた白塗りの肉棒に、若菜は美貌を近づける。彼女の顔は体つきと同様に小さめなので、膨れ上がった陰茎がますます巨大に見えた。

若菜は、鼻を衝く淫臭にうっとりと微笑み、躊躇うことなくまずは竿を舐め上げる。ペニスにまとわりついている汚れをペロリ、ペロリと、小さく可愛らしい舌で清めていく。

両手を拘束された状態で口奉仕する女の姿が、牡の劣情を誘った。それから彼女は、肉棒の先を口いっぱいに頬張り、首を振ってチュパチュパとしゃぶり始めた。

（くうっ、気持ちいい……。え、そんな奥まで……!?）

若菜は徐々に深く牡肉を咥え込み、十八センチ近い巨根の半分以上が朱唇の奥に埋まっていく。ついには亀頭が咽頭《いんとう》の奥を、いわゆる喉ち×こをズンッと突いた。

「うぐっ、ううう……じゅ、じゅる、ちゅぼっ、んっ、んもっ……！」

だが、若菜はフェラチオをやめない。ペニスの裏側に舌を張りつけ、舐め擦りながら、固く締めた朱唇で屹立をしごきまくった。また亀頭が奥にぶつかり、若菜はオエッとえずく。しかし決してストロークを狭めず、ダイナミックに首を振り続ける。尿道が真空になるほどバキュームし、下品な吸引音を鳴り響かせた。

その迫力に気圧《けお》されていた祐助も、やがて理解する。

(若菜さん、わざと喉に当てているんだ。そうしたいんだ)

半ば白目を剝き、恍惚《こうこつ》とした笑みを浮かべる瞳は、まさにアヘ顔のそれ。

「んぐっ、むぢゅっ、ンオッ……ふっ、ふむっ！　んぼ、むごっ、ウグッ！　ちゅぶぶぶっ！」

目にいっぱいの涙をたたえ、苦悶の呻きを漏らしつつ――それでも自ら進んで喉の奥にペニスを叩きつけている。先ほどは満足したようなことを言いながら、彼女は今なおマゾの愉悦を貪欲に求めていた。

ならばと、祐助は彼女の頭を両手でつかむ。

イラマチオでさらに深く肉棒を押し込むためではない。逆に彼女の顔を引き剝がし、自虐の口奉仕を中断させた。戸惑う若菜を尻目に、ソファーの前のローテーブルをずらしてスペースを作る。

そこに彼女をうつぶせにし、白桃を持ち上げさせると、断りもなくバックから肉棒で刺し貫いた。いきなりのトップスピードで腰を振り、白濁液でグチャグチャになっている膣穴を再度掘り返す。

「アウゥ！　ゆ、祐助さん、私はもう充分ですから……ひいっ、お、奥ゥウッ！」

「そんなこと言って、本当はもっと欲しかったんでしょう？　若菜さんって、本当にドスケベなマゾ女なんですね。だったら、まだまだイケますよ、ほらっ！」

若菜の騎乗位は短めのストロークだったが、祐助は大きく腰を引き、勢いをつけて剛直で抉り込んだ。張り詰めた肉の拳でズンッズンッと子宮口を揺さぶり、ポルチオの性感を刺激しまくる。

女壺は未だオルガスムスの媚熱を宿していたようで、若菜は瞬く間に肉悦に狂いだした。後ろ手に手錠を嵌められ、胸元から床に突っ伏していた彼女は、フローリングに額をグリグリと擦りつけ、腰を戦慄かせ、切羽詰まった悲鳴を上げる。

「おほぅ、ぐ、くっ！　あぁぁ、来るぅ、また来ちゃいます！　ひぃいん、イイィ！」

「はっ、ふっ！　どうぞ、いつでも、ん、んっ、ふううっ！」

「ひ、ひっ！　ん、んぐぅぅ、イイッ……く、イクイク、んほぉ、イッグうぅぅ‼」

肉の凶器による膣底への容赦ない刺突《しとつ》に、若菜は呆気なく絶頂を迎える。膣路が激しくうねり、あまたと連なる肉襞がいっせいにざわめいた。

亀頭や雁首が揉みくちゃにされ、祐助はたまらずカウパー腺液をちびらせるが、しかし射精にはまだ至らない。女体の痙攣が治まり、ゼエゼエと喘ぐ若菜に構わず、アクメの肉穴を穿ち続けた。

「ひぎいぃ、お願いします、祐助さん、せめて少し休ませてくださいっ！　今は、ンオオォ、今はァ！」

「駄目です！　イッたばかりで敏感なんですよね？　わかってます。でも、やめませんから！　覚悟してくださいっ！」

祐助は大きく掌を振り上げる。ピストンを轟かせながら、じっとりと汗に濡れた艶尻に平手の一撃を打ち込んだ。

「んひいぃぃいぃッ！」

普段の祐助なら女性を叩くなどできないが、今は嗜虐の興奮に酔っていた。背中に回されている彼女の手をつかむと、手綱の如く引っ張って、強引に上半身を宙に浮かせる。

そのうえで馬に鞭をくれるように、彼女の尻に平手打ちの雨を降らせた。スパーンッ、スパーンッと肉鳴りが響くと、あの猫のシーザーがキャットタワーの小部屋から顔を出す。

「ほら、若菜さん、猫ちゃんが見てますよ？　ご主人様はいったいなにをやっているんだろうって。でも、あんまり驚いてなさそうですね。もしかして、旦那さんとのプレイを、いつも猫ちゃんに見せてるんですか？」

肉折檻《にくせっかん》の音が響くたび、美白の尻に真っ赤な紅葉模様が幾重《いくえ》にも重なっていく。

「あひっ、んおおっ！　み、見せているわけじゃないんですけど……部屋の外に出すと、この子、寂しそうにずっと鳴き続けるので……ヒグゥ！　ああっ、シーザー、そんな目で見ないでエェ！」

だが、被虐の悦に囚《とら》われた人妻は、飼い猫の視線にすら官能を高ぶらせているようだった。可憐な美貌は再び卑猥に染まり、みっともなく舌を出して喘ぐ有様はまさに牝犬である。

「ウウウーッ、イグぅ！　またイッちゃいます！　もう止まらないっ……くうぅ、ひぐゥウウウッ!!」

もはやイキ癖がついたのか、数分足らずで若菜はまたも絶頂に打ち震える。

やがて祐助も二度目の射精を迎えた。凍えたように身を縮こまらせ、鎌首をしゃくらせて、煮えたぎる肉壺に多量の樹液を注ぎ込む。

「くっ、ウグゥーッ!!　あぁぁ、出る、出るッ!!」

しかし、発作がやんで、ほんの数秒ほど呼吸を整えると、祐助はすぐさまピストンを再開した。未だ肉棒は充分な硬さを保っている。

「う、嘘おぉ、まだ続けるんですか!?」首をひねって振り返った若菜は、その瞳に畏《い》怖《ふ》すらうかがわせて叫んだ。「もう無理っ……私、これ以上は……ふぎぃい、ひぬっ、ひんじゃいますウゥ！」

それでも祐助はポルチオ責めを、スパンキングと共に情け容赦なく続行する。宙に浮いた女体の上半身がロデオのように揺れまくり、彼女の首輪の鈴がチリンチリン、チリンチリンと鳴り続けた。

（洗濯バサミにローター、平手打ち……それなりに悦んでもらえたけど……）しょせんは素人《しろうと》。彼女の夫がするであろう肉仕置きに比べれば、きっと児戯にも等しいものだろう。祐助にはサディストの技巧などわからない。女を知ってまだ間もない、ただの若者なのである。

けれども精力ならば人一倍であった。ひたすらに女の穴を貫き、擦って、抉って

──相手が泣いて赦しを請おうとも、さらなる高みに昇り詰めさせる。それが祐助にできる一番のマゾ責めだった。

若菜はそれから三回、天に昇って、地獄に落ちた。

「うわぁ、あああぁ、またイグぅ……いっ、くぅん、イグッ、ヒグゥウーッ!!」

そして完全な白目を剝き、動かなくなる。失神したのだろう。

力を失って緩くなった膣穴からペニスを抜き、祐助は彼女の身体を横たえる。

彼女の凄艶なるイキ顔の前でひざまずくと、ほかほかと湯気を立てそうに熱く濡れた勃起を握って、ヌチャヌチャとしごき立てた。

「ん、んん……ウッ……!!」

舌を垂らしてダラダラとよだれをこぼしている若菜の口に向け、三度目の精をほとばしらせる。口元だけでなく、愛らしく膨らんだ頰や、小振りの鼻にも。

罪悪感は湧かなかった。きっと彼女もこうされることを望んでいるに違いないと思えた。牡の粘液でまだらに白化粧された人妻の童顔は、背筋がゾクッとするほど妖しく美しい。

最後に、鈴口に溜まったしずくを、彼女の額になすりつける。

鼻腔にツンとくる漂白剤《ひょうはくざい》のような性臭が、彼女の汗とバニラの甘い香りを塗り潰していった——。

4

祐助は肩で息をしながら、床に尻をつく。と、ノートパソコンの画面に、夫からの新たなメッセージが表示されていることに気づいた。

——お疲れ様。よく頑張ってくれたね、八代くん。ありがとう。

「あ……ど、どうも」

祐助は慌てて返事をし、それからおずおずと尋ねる。

「あの……あんな感じで良かったでしょうか……？」

カチャカチャとキーボードを叩く音。送られてきたメッセージは、とても良かったよと、祐助を褒めてくれた。

続けて、こんなメッセージが届く。

——君には良いSの才能があるね。よかったら、私の知っているMの女性を紹介しようか？

なんでも、若菜の夫の知り合いが現在彼氏を募集中で、Mのその女性は、やはりS

の男性を探しているそうだ。

「その女性って……ど、どういう方なんでしょう？」

――以前、趣味を通じて知り合ったお嬢さんでね、あまり詳しいことは教えてあげられないけど、二十代後半の、なかなかの美人だよ。

彼女の希望としては、とりあえず何度かプレイをしてみて、SとMの相性を確かめてから付き合うかどうかを決めたいらしい。もし祐助が望むなら、若菜の夫が、すぐにもお膳立てをしてくれるという。

思いも寄らぬ申し出に、祐助の胸が高鳴った。

（確かに、SMってちょっと癖になりそうだ。あんまりハードなのはしたくないけど、今日みたいのなら……）

こんなふうにプレイできるパートナーがいたら、芽生えたばかりの嗜虐心と、溢れんばかりの若い性欲を発散させてくれる女性がいたら――なんとも愉しそうである。

セックスだけならお隣さんの夕美ともできるだろうが、結局は不倫。いつまでも続けられる関係ではない。そのMの女性がちゃんとした彼女になってくれるというのなら、祐助としても喜ばしいことだ。

（でも……）

祐助は、しばし考え込む。

そして、かぶりを振った。「せっかくですが、遠慮します」

――もしかして、もう彼女がいるのかな？

祐助はまた首を振る。「いいえ、彼女はいないですけど……好きな人がいるんです」

――どんな人だい？

「え……」

――君がどんな女性を好きなのか、興味があるんだよ。是非、教えてほしいな。

間髪を容れずに尋ねられ、祐助は戸惑いながら答えた。

「そ、その人は、僕の幼馴染みのお姉さんなんです」

小さい頃から酷い目に遭わされてきたこと、正直苦手だったこと――ポツリポツリと話しているうち、自分でも驚くくらい言葉が溢れてくるようになる。

「それで僕、その人とセックスまでしちゃったんですけど――」

顔も見えない、声もわからない、そんな相手にだからこそ、祐助は胸の中にあるものを素直に伝えられた。人に話していると、奏を好きな気持ちがどんどん湧き出てきて、それがとても心地良くて、もうどうにも止まらない。

彼女の唇に心ときめき、彼女を悦ばせることでこの上ない興奮と幸せを感じたことを話す。女陰の匂いや、乳輪の形のことなど、奏の意外とコンプレックスが強いところもいじらしく思えたと、そんなことまで話す。

「だけどセックスした後、その人とは気まずくなっちゃって……もしかしたら嫌われちゃったのかもしれないです」

——それでも、他の女性と付き合う気はないんだね？

「はい、やっぱり僕は、その人のことが……。だから近いうちに、僕の気持ちをちゃんと伝えようと思ってます」

あなたのことが好きです、と。

口に出したら、さすがに少し照れくさくなった。祐助は、火照ってムズムズする頬を指先で軽く引っ掻く。

すみません、変なことを言って。ノートパソコンに向かって、そう言おうとしたときだった。

『祐助、それ、本当……？』

初めて向こうから声が送られてくる。予想外の女性の声。

それは奏の声だった。

第五章　旅の恥に掻き乱されて

1

祐助がずっと若菜の夫だと思っていた相手は、実は奏と、そして夕美だった。

ビデオ通話で繋がっていたのは、入院中の若菜の夫のパソコンではなく、〝メゾンことり〟の管理人室にある奏のパソコンだったのである。夕美が〝若菜の夫〟の台詞《せりふ》を考え、ブラインドタッチができる奏がそれを入力していたそうだ。

（いったい、なにがどうなって……どういうことなんだ⁇）

若菜の家から帰った祐助が管理人室に向かうと、奏と夕美が待ち構えていた。問い詰める祐助に、夕美が今回の企《くわだ》てのすべてを説明してくれる。

話はまず数日前にさかのぼった。祐助の悩みを聞いた夕美は、その後、なんと奏本人に、「祐助くんとセックスしたんでしょう?」と尋ねたという。

戸惑う奏に、祐助の恋心を告げ、さらに夕美はたたみかけた。〝奏さんは僕のことを男扱いしてくれない〟〝僕とセックスしたことを後悔しているみたいだ〟という祐助の悩みを伝えた。

それを聞いた奏は、一瞬瞳を輝かせたそうだ。だが、結局は半信半疑だった。

「だって……祐助の方こそ、私のことを好きっていう態度を、これまで一度も見せたことがないんですよ」

十数年間、ずっと年の離れた姉弟のような関係だったのに、セックスをした途端に好きだと言われても、そう簡単に信じることはできないという。

「祐助は、その……エッチなことをしたくてたまらない年頃じゃないですか。愛情と性欲の区別がついていないんじゃ……」

夕美が「セックスをしたからこそ、相手が愛おしく思えることもあるじゃない。それだって愛情だと思うわよ」と言っても、奏は納得しなかった。

そこで夕美は、一計を案じたという。「ふぅん……じゃあ、ただセックスがしたいだけじゃないって証明できればいいのね?」

度胸をつけるための訓練として、祐助にSMプレイをさせる予定だったので、夕美はそれをさらに利用しようと考えた。

相手となる若菜は、夕美の昔からの友人だった。今は夫が怪我で入院しており、多淫な彼女は性欲を持て余して困っていた。それで、欲求不満を解消するための男を紹介してほしいと、夕美はお願いされていたのだ。

そして今日、夕美の指示どおりに祐助は若菜の家を訪ね、彼女とセックスをした。ビデオ通話を通じて、祐助と人妻の淫戯を眺めていた奏は、過激なＳＭプレイに啞然としつつ、ノートパソコンの画面から目が離せなくなっていたという。

しかし、次第に表情を曇らせ、ついには目を伏せた。出会ったばかりの女と夢中になって交わっている祐助を見て、奏はこう思ったそうだ。

やっぱり祐助は、セックスがしたいだけなんじゃないかしら？　相手は私じゃなくても、誰でもいいんじゃないかしら？

だが、それは違った。もし奏じゃなくてもいいのなら、〝Ｍの女性を紹介する〟という申し出に飛びついたはずだ。あの申し出は、祐助の本心を聞き出すために夕美が仕掛けた揺さぶりだったのだが、その思惑どおり、祐助は自らの想いを吐露した。

まさか自分が、リモートで愛の告白をしているとは露知らず――。

ひとしきり説明を終えると、「それじゃあ、後は二人でじっくり話し合って」と言い残し、夕美は管理人室から出ていった。

二人きりになった途端、祐助は猛烈に恥ずかしくなる。

ただ、奏の態度がここ数日のものと変わっていることに少なからず安心した。居心地悪そうに困惑している様子はなく、彼女もまた恥ずかしげにもじもじとしていた。

リビングダイニングのテーブルの椅子に腰掛け、赤く染まった頬を隠すようにうつむいて、やがて奏はぼそりと尋ねてくる。

「祐助、さっき言ってたこと……本気なの？」

「さ……さっき言ったことって、なんですか……？」

少しだけ顔を上げた奏が、上目遣いで睨んできた。「さっき、ビデオチャットであなたが言っていたことよ……！」

「あ、あぁ——はい、本気です」祐助は慌てて頷く。彼女の不機嫌な顔を見るのはずいぶん久しぶりな気がして、やっぱりちょっとだけ怖じ気づいた。

だが、奏はそれ以上は怒らなかった。

また顔を下に向ける。なにか言おうとして、でもやはり言いだせない、意を決して、しかしすぐにくじけてしまう——そんな気配をしばらく醸《かも》し続ける。

彼女の耳がどんどん赤みを増していった。肩が細かく震えていた。わずか数分のことだったのかもしれないが、祐助には、一時間ほど待たされたように感じられた。

そしてついに、奏は口を開く。

「わ……私も、祐助のこと……好き」

2

祐助の真剣な想いを、奏は受け入れてくれた。その日から二人の交際が始まる。

大学の授業が終わると、祐助は必ず奏に連絡を入れるようになった。いわゆる〝帰るコール〟である。すると、地元駅に祐助が到着する時間を見計らって、奏が迎えに来てくれるのだ。

改札口で祐助を見つけるや嬉しそうに手を振る奏は、なんとも可愛く思えた。

ただ彼女は、祐助の手をしっかりと握ってくる。それだけでも初心《うぶ》な男子には充分恥ずかしいのだが、ときには腕まで組んできた。奏の方が背が高いので、祐助の肩や二の腕に、彼女の爆乳がムニュッと押しつけられた。

地元の駅前なので、知り合いと顔を合わせる可能性も大きい。そのことを話しても、奏は腕をほどこうとはしなかった。

「いいじゃない。知り合いに見られたらって思うと、ドキドキするでしょう？」と言って、茶目っぽく笑ってみせた。

アパートに着いたら、まずはその足で管理人室へ行った。奏の発情具合にもよるが、玄関のドアを閉めるや早速ズボンのファスナーを下げられ、陰茎を引っ張り出され、靴も脱がぬうちにフェラチオが始まる。口内射精を決めた後は、その場で立ちバックで嵌めることも少なくない。

夕食は、毎晩奏が作ってくれるようになった。コンビニなどの弁当で済ませていた日々とはおさらばである。彼女は意外にも料理上手で、祐助は腹も心も満たされた。

そして食欲が満たされると、またしても性欲が込み上げてくるのだった。二人でテレビやネットの動画などを見ながらイチャイチャし、互いの身体をまさぐり合っているうちにセックスへと雪崩れ込んだ。

祐助もやりたい盛りの年頃だが、三十路の奏も女盛りを迎えて情欲が抑えられないようである。あるいは、未亡人として過ごした六年分の欲求不満を解消せんとしているのかもしれない。

ある日の情事の後、リビングダイニングの床に敷かれたラグで汗だくの身体を絡ませ合っていると、祐助の胸板を愛おしげに撫でながら奏が言った。

「……ねえ祐助、旅行に行かない？」

唐突な誘いだったが、その話のきっかけは夕美だった。

その日の昼、奏は夕美に誘われ、駅前の店で一緒にランチを食べた。そのときに、夕美の娘の結衣が、近々、小学校の修学旅行に行くという話になったそうだ。

『いいわよねぇ。私も久しぶりに旅行に行って、ホテルで美味しいものが食べたいわぁ』と夕美が羨ましがっていたので、奏は、『夕美さんも行ってきたらいいじゃないですか』と言ったという。

『そうねぇ……もし行くのなら、どこがいいかしら』と、最初は軽い気持ちだった夕美も、スマホで詳しく調べているうちにどんどん本気になり、すっかり旅行に行く決意を固めてしまったそうだ。だが、

「夕美さん、一人で旅行なんて寂しいから絶対に無理だって言うのよ。だから私も一緒に行くことになったんだけど——祐助もどう？」

行くのは来週の土日。結衣の修学旅行と同じ日程だという。

修学旅行といえば、一般客とぶつからないように平日に行うものだと祐助は思っていたが、同じ市内の小学校同士で話し合いをして日程を調整するらしく、場合によっては平日からずれてしまうこともあるそうだ。

「来週ですか。ううん、土曜も一応授業があるんですけどね……」

「でも、土曜は一時間目だけでしょう？」帰るコールを受けている奏は、祐助の授業のスケジュールをある程度覚えていた。「その後に出発しても問題ないと思うわ」

奏の手が祐助の腹を滑り、下へ——半ば硬さを失っていた陰茎に触れた。

竿の裏側の縫い目を指先でなぞりながら、彼女は言った。

「ホテルの部屋で、綺麗な景色を見ながらするっていうのも……いいと思わない？」

たちまちペニスは膨らんでいき、祐助はこくんと頷いた。


そして十月下旬のその日、祐助たちの旅行の当日。

空は見事な秋晴れで、天気予報によると今日明日は暖かな陽気になるという。まさに行楽日和だ。

夕美の娘の結衣は、今時の小学生の修学旅行という感じで、世界的に有名な映画スタジオのテーマパークに行ってくるそうだ。

一方、祐助たちは、関東の小学校の修学旅行の定番である日光を経て、その先の鬼怒川温泉に泊まる。今日は真っ直ぐに鬼怒川温泉へ向かい、明日の帰りに途中下車して日光東照宮などを観光する予定だ。

寺や神社に大して興味のない祐助としては、テーマパークで遊んでくる結衣を少々羨ましく思う。ただ、この時期の鬼怒川は紅葉が見頃で、ホテルの部屋からの眺めは実に素晴らしいそうだ。それはなかなかに楽しみだし、なにより一番大事なのは奏が一緒ということである。

生まれて初めての恋人と行く旅行——そう思うだけで全身の血が熱くなった。

（いったいどんな夜になるんだろう。ああ、愉しみだ……）

大学の授業もほとんど上の空。一限の講義が終わったら、最寄り駅から電車に乗って、直に待ち合わせ場所へ向かった。

待ち合わせの駅の改札口に行くと、ほどなくキャリーケースを引く奏と夕美を見つける。大きな駅の構内で、行き交う人の量も多かったが、二人の美女の姿はそれだけ目立ったのだ。

「あら、祐助くん、顔が赤いわ。うふふ、もしかして走って来てくれたのかしら？」

「い、いえ、そういうわけじゃ……」

夕美は、ゆったりとしたキャミソール型のワンピースを、カットソーに重ねていた。その上に、薄手のロングシャツを羽織っている。

爛熟ボディの艶めかしい輪郭線はだいぶ隠れていたが、それでも豊満な桃尻のボリュームはうかがえた。ひっそりとした上品な色気が漂っていて、ちょっとしたセレブマダムのようである。セックスのときの淫らな本性を知っている祐助には、なおさら魅力的に感じられた。

だが——今この場で、最も人の目を引いているのは、奏の方だった。

男も、女も、皆振り返る。祐助もその姿に目を見張った。

今日の奏の服装は、細かい縦筋の刻まれたリブニットのニットワンピース。色はベージュだ。夕美のゆったりしたキャミワンピースとは異なり、こちらは身体のラインにぴったりと張りついている。

Jカップの巨大な丸みが、陰影もくっきりと、まさしく浮き彫りになっていた。ニットが張り詰めるあまり、双丘の頂きを走る縦筋の間隔が大きく広がっている。

そのうえ襟ぐりは、胸の谷間をあからさまに覗かせたVネック。袖は手首まで覆う長さだが、裾の方はかなり短かった。タイトなミニスカート状態だ。ムチムチの太腿が露わになり、膝上まで覆うニーハイブーツとの間の絶対領域がなんともまぶしい。

「か、奏さん、その格好でここまで来たんですか……？」

「ううん、違うわよ」

ここに来るまでは、上にコートを着ていたそうだ。祐助も見たことがあるやつで、膝まで隠れるダウンのロングコートである。

「でも、ここに着いたら――ほら、人がいっぱいいるじゃない？　だから暑くなってきちゃって、それで脱いだの。……なぁに？　祐助は、こういうの嫌い？」

祐助はブルブルとかぶりを振った。嫌いではない。むしろ大いに興奮する。

ここまでセクシーなファッションの奏を見るのは初めてだった。いや、こうも露骨だと、もはやセクシーという言葉では足りない。エロティックと呼ぶのがふさわしい出で立ちだった。

（でも、この奏さんを他の男たちに見られるのは、ちょっと嫌かな……）

爆乳がありありと浮き出ている奏の胸元に、周囲の男たちが通り過ぎざま、助平な視線を向けてくる。彼氏としては複雑な気分だ。

奏は、女性にしては背が高い方なので、なおさら人目を引いた。しかし当の彼女は、微かに頬を赤らめつつも、隠すどころか堂々と胸を張っている。その顔は、どことなく気分良さそうにも見えた。

（旅行に行くからって、もうテンションが上がっちゃってるのかな……？）

それから三時間半ほど電車の旅となる。途中、乗り換えをするタイミングで昼食を取り、鬼怒川温泉駅に着いたのは午後三時を十分ほど過ぎた頃だった。

丸に鬼と印された大暖簾《だいのれん》を潜って駅から出ると、正面の駅前広場で、トゲトゲの棍棒を構えた鬼の像が祐助たちを出迎えてくれた。ふてぶてしい表情でふんぞり返っているが、その顔立ちはどこかユーモラスで、なんともいえぬ愛嬌がある。奏も夕美も、面白がってスマホで写真を撮った。

すぐそばには東屋《あずまや》があり、仄かな湯気が漂ってくる。どうやら足湯ができるらしく、観光客らしき者たちがそれぞれ靴を脱ぎ、並んで腰掛けていた。

「いいわねぇ、ちょっとやっていかない？」と、夕美が言う。せっかくなので、三人で少しだけ湯に足を浸けた。その間、大学生くらいの女子の一団や、年配の夫婦らしき人たちが、やはり奏をチラチラと見てくる。

ムチムチとしながらも適度に引き締まった奏の美脚は、同性の視線をも引きつけるようだ。そして男たちの視線は、剝き出しの太腿に続いて胸の膨らみへと向かう。こんなはしたない格好をしている女なのだから、人から見られたって構わないのだろう——とばかりに、遠慮なくジロジロ眺めてくる年寄りもいた。

奏は相変わらずで、野卑な視線を堂々と受け止めている。むしろ祐助の方が苛々して、たまらず二人を促した。「もう行きましょうよ。ホテルに着いたら、好きなだけ温泉に入れるんですから」

駅前から歩いて五分ほどで、鬼怒川沿いにあるそのホテルに到着した。

案内されたのは五階の角部屋。客室が二つに分かれていて、和室の茶の間の奥に、洋風の寝室があった。寝室の壁には二面に渡る大きな窓があり、鬼怒川の向こうにそびえる山々が視界いっぱいに広がっている。

「まあ、凄いわ」と、奏がその眺めに見とれた。

山の木々のすべてが紅葉し、真っ赤に燃え上がっていた。ところどころ黄色の混ざったグラデーションが、まさに炎が躍っているかの様相である。

想像以上の絶景に、祐助もしばし言葉を失った。が、少々気になることもある。こっそりと夕美に尋ねた。

「ここ、ずいぶん贅沢《ぜいたく》な部屋ですね。こんなところに、僕と奏さんの二人で泊まっていいんですか？」

親と祖母からの遺産で生活費と学費をまかない、細々と暮らしている祐助には、そもそも旅行に行くこと自体が結構な贅沢だ。ただ今回は、祐助の分のホテルの宿泊費は、奏と夕美が出してくれたのである。だからこそ、こんなに立派な部屋を用意されては恐縮してしまう。

祐助はぐるりと見回した。客室が二つあるので、とにかく広い。大人四人でも充分に泊まれるだろう。二つ設置されたベッドは、どちらもダブルベッドである。

まさか——と、嫌な予感がした。そして、その予感は当たった。

「やだ、違うわよぉ」と、夕美が笑う。「祐助くん、私だけ別の部屋に泊まると思っていたのかしら？　まあ、意地悪ねぇ」

「え……いや、だって……」

紅葉よりも楽しみにしていたのは、今宵の奏との睦み合いである。

それが、夕美も一緒の部屋に泊まるというのなら——。

「私だけ仲間外れにはさせないわよ。うふふ、今夜が楽しみねぇ」

妖しく目を細める夕美。戸惑う祐助に、奏は複雑な表情で言った。

「夕美さんには、まあ、いろいろお世話になったから……ときどきなら祐助を貸してあげますって約束したの。でも、三人でするのは、今夜だけの特別よ」

なんでも祐助が夕美に筆下ろしをしてもらったことまで、奏はすでに聞いているらしい。そして、熟れた女の溢れんばかりの性欲を持て余していた夕美が、祐助のペニスの虜になってしまったことも。

夕美は切々と訴えたそうだ。『お願いよ、管理人さん。これからも祐助くんにこの身体を慰めてほしいのぉ』と。

もちろん奏は嫌がったが、しかし祐助と奏が結ばれたのは、夕美が手を回してくれたおかげである。それに奏自身も、夜泣きする身体を一人で慰める切なさは理解していて、同情の念を禁じ得なかったらしい。それで結局は断れなかった。

「でも——いい、ときどきよ？　ときどき、ですからね？」

奏は祐助をキッと見据え、念を押してきた。

祐助は素直に頷くが、心はもう別のことを考えている。

（三人でするってことは……それってつまり、３Ｐってやつじゃないか……！）

男なら誰でも一度はやってみたいと思うプレイの一つだ。しかも二人の美女を一人で相手するという、最高に贅沢なセックスである。

祐助は、早くも胸の鼓動が高鳴るのだった。

3

とはいえ、いきなり服を脱いで三人で絡み始めたりはしない。和室でお茶を淹れ、少しの間ゆっくりと過ごす。自宅とは違う、ホテルの客室ならではの旅気分を満喫した。

その後、土産物《みやげもの》のコーナーを軽く下見したり、ホテルのあちこちを散策してから、ちょうどいい時間に夕食会場へ向かう。バイキング形式の料理を、気になるものから掻き集め、鶏の唐揚げ、ステーキに小籠包《しょうろんぽう》、こんがりチーズがたっぷりのピザ、小さな鍋でグツグツと煮え立つすき焼き——3Pに備えて精をつけるためにも、祐助は次々に平らげた。デザートにはティラミスと、とちおとめのソフトクリームも頂く。

奏と夕美もよく食べ、よく飲んだ。日本酒好きの奏は栃木の地酒を一つ一つ飲み比べ、夕美は地ビールの個性的な味わいを堪能する。二人の頬が色っぽく染まった。

食事の後は温泉へ。奏たちと別れて男湯に入った祐助は、幻想的にライトアップされた鬼怒川渓谷を眺めながら、ゆったりと湯船に浸かった。弱アルカリ、無色無臭の癖のない湯に日々の疲れが癒やされ、今宵の淫宴のための活力が湧いてくる。

血行が良くなったせいか、湯船の中でイチモツがうずうずと逸《はや》りだしたので、勃起してしまう前に祐助は温泉を出た。持ってきた浴衣《ゆかた》に着替えて、客室に戻る。奏と夕美はまだだった。

そわそわしながら待っていると、やがて二人も戻ってきた。彼女たちも浴衣に着替えていて、湯上がりの石鹸の香りと共に、その姿はなんとも艶めかしかった。浴衣の上品な色気の中で、熟れた女体の豊満な曲線がエロティシズムを露わにしている。

「ああ……奏さんも、夕美さんも、とっても素敵です」

髪の毛を後ろでまとめてアップにしているのも、浴衣姿によく似合っていた。襟元から伸びるうなじのラインは、しっとりとした官能美で情欲をくすぐる。

半勃ちだったペニスが瞬く間にフル勃起し、浴衣の股間に大きなテントを張った。

二人は苦笑しながらも、欲情の瞳でその有様にじっと見入る。

祐助も、二人の浴衣姿を交互に視線で舐め回した。そしてアッと気づいた。

奏の胸の膨らみ、その左右の頂点が、ツンと尖っていたのだ。

「ちょっ……奏さん、もしかして……!?」

奏はすぐに察して、「ええ」と頷く。浴衣の襟をくつろげ、ほんのり桜色に火照った乳肌を半分近く露わにした。ぷっくりと膨らんだパフィーニップルの一部が、チラリと現れた。

夕美が楽しげに言う。「お風呂から帰ってくるとき、何度も他のお客さんと擦れ違ったけど、男の人はみんな管理人さんのオッパイを見るから、ノーブラの乳首にも気づいていたでしょうねぇ」

「な……なんでそんなことを……？」

もはやニットワンピースのきわどいファッションで男たちの視線を集めるのとはわ

けが違う。生地の薄い浴衣にノーブラで人前に出るなど、ちょっとした変態行為ではないか。破廉恥なプレイだ。

するとはにかみながら奏が言った。

「私ね……いやらしいことをしている自分を見られるのが、好きになっちゃったの」

いわゆる露出趣味に目覚めたのだと、彼女はカミングアウトした。

「うふふ、管理人さんったら、ノーブラだけじゃないのよぉ」

夕美が、奏の浴衣の裾をガバッとめくる。そちらにも下着はなかった。

ブラジャーに続いてパンティもなし――それだけでも充分すぎるのだが、さらけ出された女の丘の有様は、祐助をさらに驚かせた。

わりと広範囲に茂っていたヘアが、綺麗に刈られ、形を整えられている。

その形は、ハート型だった。下腹を飾るハートの茂みは、まるで子宮の位置を表している印のようだ。

「昨日の夜、鏡を見ながら丁寧に丁寧に剃ったんですって」と、夕美が言う。

先ほどの風呂では、奏はこれをタオルで隠そうともせず、他の女たちの視線を大いに集めたそうだ。そのときのことを思い出したのか、奏は頰を紅潮させる。

「私の股間を見て、クスクス笑ってる子たちもいたわ」と、彼女が言った。幼稚園児くらいの幼い少女が、不思議そうにじっと見つめてきたりもしたという。

しかし奏は、そのことでさらに血を熱くしたそうだ。

「とっても恥ずかしかったけど、それが快感だったの。変態なのよ、私」

「じゃ、じゃあ……あのニットワンピースも……？」

「ええ、見られて興奮したかったの。正直に言うわ。男の人のいやらしい視線とか、女の人の呆れたような視線とか、みんなみんな気持ち良くて……ずっとアソコをジュクジュクさせていたのよ」

信じられない告白に、祐助は言葉を失う。

すると夕美が言った。祐助くんのせいよぉ、と。

「お友達とリモート飲み会をしていた管理人さんに、祐助くん、エッチな悪戯をしちゃったんでしょう？」

それがきっかけだったという。ビデオ通話の画面越しとはいえ、友人たちの目の前でイカされた奏は、見られる悦びに目覚めてしまったそうだ。

そして今回の旅行は、そのことを相談された夕美が計画を立てたという。目的はずばり、〝露出プレイ〟を奏に体験させるため——。

「まぁ露出プレイっていっても、今日、管理人さんがやったのは、軽い入門編みたいなものよ。それでも、やっぱり地元でするのはリスクが高いじゃない」

確かに、陰毛をハート型に整えて己の股間に衆目を集めたり、ノーブラの浴衣姿でホテルの廊下を歩いたりするなど、もはや痴女《ちじょ》の所業といっていいだろう。そんな姿を近所の知り合いに見られでもしたら大変なことになる。

「その点、旅行先なら……旅の恥はかき捨てっていうでしょう？」

二度と顔を合わせることもない赤の他人になら、破廉恥な性癖を知られたところでそれほど気にならない――ということだった。男たちの助平な視線を受けてどこか嬉しそうにしていた奏を、祐助は思い出す。そうか、そういうことだったのか。

「驚いたわよね、祐助。本当は、もっと早くに告白するつもりだったんだけど……」

正直に告白して、もし祐助に呆れられたら、嫌われてしまったらどうしよう――そう思ったら、なかなか言い出せなかったのだそうだ。

「そんな……」祐助はかぶりを振る。「そんなことで、奏さんのことを嫌いになったりしませんよ」

「本当？　良かった……」奏は嬉しそうに微笑んだ。

「でもね、祐助に告白する前に、ちゃんと確認してみたかったっていうのもあるのよ。自分が本当に露出マニアなのか、実際に試してみないとわからなかったし」

そして今日一日、老若男女の様々な視線に晒されたことで、奏は自分の性癖を確信したそうだ。

「私、スケベな自分をたくさんの人に見てほしいわ。だから、これからは祐助にも協力してほしいんだけど……どう？」

「ええ、もちろん喜んで」祐助は力強く頷いた。

それを待っていたとばかりに、夕美がポンと手を叩く。「うふふ、良かったわぁ。じゃあ、予定どおりにできるわね。思いっ切り愉しみましょう」

「え……予定、ですか？」

「そうよぉ。ちょっと待っててね、祐助くん。今、準備をするから」

夕美が目配せをすると、すぐさま奏が動きだした。自身のキャリーケースを開くと、中から取り出したのはノートパソコンである。それにＵＳＢケーブルと、コンパクトデジタルカメラ。以前、奏の部屋で見た、あのスピーカーフォンも。

それらを二台あるベッドの片方に置き、ノートパソコンを起動させて、ＵＳＢケーブルでデジタルカメラと繫ぐ。パソコンとカメラがちゃんと接続されたのを確認してから、スピーカーフォンも繫ぎ、そしてウェブ会議ツールを開いた。

「え、ちょっと……奏さん、なにをしてるんですか？」

奏の代わりに夕美が答えてくれる。「リモートでの露出プレイの準備よぉ。管理人さんったら、大勢の人に見られながらセックスしてみたいんですって」

「ゆ、夕美さんが私をそそのかしたんじゃないですか。見られながらのセックスはとっても興奮するわよって」

「そうよぉ。私だって、露出プレイ好きだもん」

セッティングが完了し、夕美が自分のスマホからウェブ会議の招待メールを送ると、次々と参加者が集まってきた。

夕美には、淫らな趣味を持つ友達が多数いるという。ウェブ会議ツールでの露出プレイに協力してくれそうな者たちへ、事前に声をかけていたそうだ。

十五インチのノートパソコンの画面に、祐助の知らない人たちの顔がどんどん並んでいく。最終的にはざっと三十名ほど集まった。その中には男と女、あるいは女同士で一緒に参加している者たちもいる。

一人だけ、祐助の知っている女性がいた。

「あ……若菜さん」

思わず名前を呟くと、画面に映った若菜が微笑んで、軽く手を振ってくれた。

しかし若菜以外の参加者は、祐助にとってまったく初対面の人々だ。

（この人たちに見られながら、セックスをするのか？）

勃起したペニスも、愉悦を求めて腰を振る姿も、射精する瞬間の顔すらも、すべてがあからさまになる。晒し者になる――。

たった今、奏に協力すると約束したばかりだが、早くも後悔しそうになった。奏は露出の悦びに目覚めたのかもしれないが、自分はそうではないのだ。

だが、もはや準備は完了し、倒錯のウェブ会議が始まってしまう。

夕美が浴衣とブラジャー、パンティを脱ぎ、ボリュームたっぷりの熟れた柔肉を露わにすると、奏も続いて一糸まとわぬ姿となった。爆乳を誇る、アスリート体型の健康美が画面に映し出されるや、観客たちが歓声を上げる。「手脚が長くてモデルさんみたい」「オッパイ、凄いな」「ふふっ、アソコの毛がとっても可愛いわ」

奏のノートパソコンでは、ウェブ会議に参加している全員が同じ大きさで映し出されているが、露出プレイの観客として集まってくれた彼らのデバイスでは、きっと祐助たちの映像が一番大きく表示される画面設定になっているのだろう。

奏は嬉し恥ずかしそうに顔を赤らめ、

「……さあ、祐助も脱いで」と、祐助の前にひざまずいた。帯をほどき、浴衣の前を開いて、ボクサーパンツをずり下ろす。

二人の美女の裸と、大勢の視線――ペニスは興奮していいのか、緊張していいのか戸惑い、中途半端な半勃ちを晒した。

すると奏が、亀頭をつまんで持ち上げる。竿の裏側に舌を当てて、早速の口愛撫を始めた。温かくぬめる感触がペニスの根元から這い上がっていき、裏筋をレロレロとくすぐった。

「ああっ、奏さん、待って……ううぅ」

いくら緊張していても、若い陰茎は快美感の前になす術《すべ》もない。みるみる充血して牡肉を太らせ、フル勃起状態で天井を仰いだ。

ノートパソコンに接続されたデジタルカメラで、夕美がそそり立つ剛直をアップで映すと、マイクとスピーカーの機能を兼ね備えたスピーカーフォンから、いっせいに声が響いた。女は歓呼し、男は唸った。

(恥ずかしいけど、ちょっと嬉しくもある……)

若勃起の立派さを褒め讃える声が聞こえてきて、祐助も悪い気はしない。

それから奏の本格的なフェラチオが始まった。張り詰めた亀頭を咥え込んで、なめらかに首を振りだす。ペニスを滑る朱唇は、瞬く間に加速していった。

「くうっ……そんなに激しくされたら、すぐにイッちゃいますよ……！」

しかし、奏は聞く耳を持たない。ぷっくりとした肉厚の唇が、雁のくびれと幹をダイナミックにしごき、蠢く舌が亀頭を撫で回す。

初めて祐助のペニスを咥えたときより、彼女のオーラルテクニックは遙かに上達していた。以前が下手だったわけではないが、唇の絶妙な締めつけ具合や、的確に男のツボを刺激する舌使いは、プロの風俗嬢もかくやと思われるほどだ。なんでも祐助が大学に行っている間、夕美から様々な教えを受けているらしい。

「あぁん、いいわぁ、とっても。なんていやらしいフェラチオかしら。管理人さんがオチ×ポを美味しそうにしゃぶっているところ、みんなが見ているわよぉ」

雁高《かりだか》の亀頭冠《きとうかん》に引っ掛かった唇が、はしたなくめくれそうになる。

そんな卑猥な奏の横顔を、夕美が至近距離から映していた。奏はカメラの方を一瞥して、ますます顔を赤くするが、しかし、さらに口淫に熱を入れる。チュバチュバと下品な音を鳴らし、肉棒をしゃぶり倒した。

その激しさでJカップの肉房も躍る。夕美は抜かりなく、タプタプと揺れる乳肉をカメラで捉えた。すると、女性の一人が羨ましそうに言う。『これだけ大きければ、パイズリも余裕ね』

「聞こえた、管理人さん？　パイズリですって」と、夕美が促す。

だが、奏はペニスを吐き出すと、困った顔をした。「パイズリって、オッパイでオチ×チンを挟むやつですよね？　私、やったことなくて……」

そういえば、パイズリはまだ一度も試していなかったなと、祐助は思った。奏の口奉仕が日一日と上達していくので、それが愉しくて、他の前戯を試す気にならなかったのである。

「あら、そうなのぉ？　うふふ、じゃあ私が教えてあげるわ」

夕美は持っていたカメラを祐助に渡した。そして奏の後ろで膝立ちになり、両手を前に回して奏の爆乳を下から鷲づかみにする。

「えっ、ゆ、夕美さん？」と、戸惑う奏。

「あらぁ、凄いわ、こんなに重たいのねぇ。さすがJカップだわぁ」

Fカップ巨乳の夕美は、自分よりさらに大きなバストに感動した様子で、奏の双乳をモミモミする。

それから爆乳の狭間《はざま》にペニスを挟み込んだ。その圧倒的なボリュームゆえ、祐助の巨根も見事にほとんど包み込まれた。

心地良い圧迫感と共に、乳肉による摩擦愛撫が始まる。奏の乳房を後ろから操る夕美。まるで二人羽織の如きパイズリである。

「パイズリはね、ぬめりが肝《きも》なのよ。ローションがあるときはそれを使えばいいけれど、今はお口の中で唾を溜めて、ぬめりが足りなくなったら垂らしていってねぇ」

「は、はい」

奏は口をもごもごさせ、唾液がある程度溜まるたびに、窄めた唇から泡粒混じりの粘液をトロリ、トロリと垂らしていった。乳丘の谷間はどんどん潤いを増して、それに比例するようにパイズリの摩擦感もより甘美になっていく。

（ああ、凄い、オッパイがチ×ポに吸いついてくる……！）

ぬめりを帯びた乳肉は、ペニスの凹凸に隙間なく張りつき、雁首も幹の根元もまんべんなく擦った。それは手淫や口淫よりも、膣穴に嵌めているのに近い感触である。

そして元々柔らかくなめらかな乳肉は、さらに天然の潤滑油が加わったおかげで、どれだけ苛烈に擦りつけてもペニスを痛めたりしない。夕美は、奏の双乳を猛然と上下に躍らせた。ヌチュヌチュ、グチュグチュと、水飴を掻き混ぜるような音が派手に鳴り響き、攪拌《かくはん》された唾液の異臭が煙の如く立ち上ってくる。

「くうぅ、パイズリ、とってもいやらしくて気持ちいいです」

高まる射精感に呻きつつ、祐助は、己の股間で繰り広げられる淫らな行為を余すことなくカメラで映し出した。躍動する乳房、ハグするように絡み合う女体と女体——

奏も、夕美の乳さばきに任せるだけでなく、舌を伸ばして亀頭を舐め回したり、尖らせた舌先で尿道口をこじってくる。

(ダメだ、もうイッちゃう……！)

限界間際であることを告げると、「イク前に、私にもオチ×ポ舐めさせてぇ」と夕美が言った。パイズリをやめて奏の背中から離れ、夕美も祐助の前にひざまずく。ひくつく肉棒に舌を這わせてくる。３Pならではのダブルフェラだ。

二人の舌肉が左右からペニスに絡みついてくる。ときおりハーモニカを吹くように朱唇が幹に滑り、そしてまた雁のくびれや亀頭を舐めまくられる。

より積極的だったのは夕美の方だ。奏は、夕美と舌が触れ合うと、気後れするように舌を引っ込めた。だが、亀頭や雁首、裏筋といった肉棒のスイートスポットに夕美が居座っていると、奏も負けていられないと次第に闘志を高めていく。いつしか舌同士が擦れ合っても構わずに舐め続けるようになった。

自分の方がより祐助を気持ち良くするのだと、ペニスを挟んでしのぎを削り合う。夕美が幹の根元を指の輪っかでしごけば、奏は硬く縮み込んでクルミのようになった陰嚢を優しく揉みほぐした。

「クウウッ、き、気持ち良すぎます……あ、あ、アァ……！」

強烈な快美感に顔をしかめると、女たちは上目遣いで見つめてくる。嬉しそうな、得意そうな、悪戯っぽい、艶めかしい眼差し――

そんな視線に情感をくすぐられ、祐助はたまらず樹液を噴き出す。

「おうぅ……で、出るっ！　ううっ、ウグーッ‼」

射精の予兆を敏感に察知したのか、鈴口からザーメンが飛び出す刹那《せつな》、夕美が強引に亀頭を咥え込んでいた。祐助は下肢をおののかせ、熟れ妻の口内に牡のエキスを注ぎ込んでいく。

「ああっ、ずるいです、夕美さん！　祐助の精液、私だって欲しいのに……」

射精の勢いが弱まると、夕美はチュルンと亀頭を吐き出した。と、すぐさま奏がペニスに食いついて、指で幹を丹念に搾りつつ、頬が凹むほど尿道をすすり立てる。

今では祐助のザーメンは、奏にとって最高級の名酒にも劣らぬ美味なる飲み物であり、官能を甘美に燃え上がらせてくれる最上の媚薬なのだ。

そうやって名残惜しげに肉棒をすすっている奏の横で、夕美が助平な笑みを浮かべながら朱唇を開く。夕美の口内にはまだたっぷりとザーメンが残っていて、白いプールの中でピンクの舌が妖しく蠢いていた。

「いやらしい……二人とも、とってもいやらしいです」

射精の余韻に酔いしれながら、祐助は淫らな二人の女たちをカメラで映し続ける。リモートとはいえ、衆人環視のなかで射精したことにより、祐助も肝が据わっていった。

4

(ああ、大勢の人たちに見られながら、オチ×チンをしゃぶっちゃったわ。そのうえパイズリまで……私、まるでAV女優みたい)

全身の血が熱くなるのを感じ、奏は自分が淫乱な露出狂であることを再確認する。続いては祐助がベッドの縁に腰掛け、その膝の上に奏が乗るように言われた。普段は命令する側の奏も、淫らなスイッチが入るとすっかり受け身になってしまう。それがとても心地良いのだ。

正面では夕美がカメラを担当している。USBケーブルの長さが足りないので、ノートパソコンをベッドの上から床に移動させていた。

奏が祐助の膝に座ると、力感をみなぎらせた若勃起が尻から腰に当たってくる。その硬く熱い、雄々しい肉の感触に、牝の官能が高ぶった。

人間椅子となった彼が後ろから手を回し、爆乳を弄《もてあそ》びながらギャラリーに話しかける。「わかりますか、皆さん。奏さんのオッパイ、乳輪がぷっくりと膨らんでいるんですよ。この乳輪をいじられるのも、奏さんは大好きなんです」

夕美がカメラのレンズを乳房に近づけると、スピーカーフォンから『ああ、本当だわ』『胸が大きいと、乳首や乳輪も大きくなるんだね』『いじりすぎて、大きくなっちゃったんじゃないか？』『でも、色は綺麗なピンクよ』と、歯に衣《きぬ》着せぬコメントが次々に聞こえてきた。

（みんなが私の乳首を、恥ずかしい乳輪を見てる……！）

三十人ほどの視線が、カメラのレンズを経てチクチクと乳房の頂上に突き刺さってくる。それだけで乳首が充血し、さらに大きく膨らんでしまった。

「奏さん、股を開いてください。思いっ切り」と、祐助が後ろから囁いてくる。勃起した乳首をキュッキュッとつままれては、一瞬の躊躇いすら許されない。言われるままにコンパスを左右に広げた。

他人の手でやらされるより、自分の意思でやる方がずっと恥ずかしい。にもかかわらず、祐助はさらなる恥辱を命じてくる。オマ×コも指で広げてください、と。

「あぁあ、わ……わかったわ……くうぅ」

奏は左右の親指と人差し指で肉弁をつまみ、中指を肉土手の縁に引っ掛けて、大開帳させた。濡れ肉の割れ目に、夕美がレンズを迫らせる。

床に置かれたノートパソコンの画面が、奏にも見えた。たくさんのギャラリーたちの顔に並んで、鮮やかな桃色の恥裂がぱっくりと口を広げている。ヌラヌラと濡れ光っている。

「イ……イヤぁぁん、見ないで、見ないでください……！」

思わずそう口走ってしまったが、もちろん本意ではなかった。夕美が集めた者たちも、露出狂の女の心理を充分に理解しているらしく、誰一人視線を逸らそうとはしなかった。

祐助の指が肉のベールを剝き、クリトリスを露わにする。膣口から浸み出す愛液を指先にすくい取り、桃色真珠を磨くように塗りつけてくる。

「あうっ……クリ、あぁん、か、感じちゃうぅ」

「どんどん膨らんで、硬くなってきましたよ。奏さんは、クリトリスをシコシコされるのが好きなんですよね」

パンパンに勃起した陰核を、祐助の指が嬲《なぶ》り始める。二本の指で挟んで、小さなペニスに手淫を施すようにしごきだした。

「ひうっ、す、好きぃ！　あ、ああっ、クリが熱いわ、んあぁぁ……！」

ヒクヒクと女体を戦慄かせながらも、未だ両手の指で肉唇を広げ、祐助の命令を守り続ける奏。すると祐助は、空いていた方の手も女陰にやり、人差し指と中指を蜜穴にズブズブッと差し込んだ。そして抜き差しを始める。

「んおぉ、ゆ、祐助、ダメぇ……そこは、わかってるでしょう？　アレが……んんっ、出ちゃうからぁ」

奏の膣洞は、祐助に散々探索されていて、彼は鉤状に曲げた指を誤たずGスポットに擦りつけてきた。勢いよく、ともすれば乱暴なほどに急所の肉壁を掻きむしる。

「イヤぁ、そんなに激しくされたら、ダメ、ダメっ、オマ×コ壊れちゃうぅ」

「壊れるわけないでしょう。これくらいの方が好きなくせに。ほらほら、オマ×コ汁がどんどん溢《あふ》れてきますよっ」

彼の言うとおりだった。いつも二本指よりもっと野太いイチモツを突っ込まれて、奏は乱れ狂っているのである。祐助は容赦なくズボズボと膣穴をほじくり、クリトリスを擦ってはは押し潰さんばかりにこね回す。

「あうぅ、んっほぉ、おおっ……ひ、酷いわ、祐助……イイッ、意地悪うぅ」

そんな少々荒々しい行為も奏の好みだった。

六年前に亡くなった夫はどんなときも優しい人で、夫婦の営みの最中も、奏をまるで割れ物のように扱ってくれた。

それが彼の愛情だとわかってはいたので嬉しくもあったが——しかし、不満も禁じ得なかった。

(あの頃は、自分に変態趣味があるなんて思っていなかったけど……)

祐助が若菜の家に行ったあの日——彼がマゾ妻を嬲《なぶ》っている様をリモートで見ていた奏は、ちょっとだけ羨ましく思ったものである。

(私も、マゾなんだわ。見られるのが気持ちいいのも、それが理由なのよ)

そして祐助は、さらに奏を追い詰めようとする。

「夕美さん、えっと……筆みたいなもの持ってますか?」

「筆?」夕美が小首を傾げる。「そうね、メイク用のブラシならあるけれど……」

「じゃあ、もしよかったらそのブラシで……奏さんは足の裏が性感帯なんですよ」

なるほどねと、夕美は悪戯っぽい笑みを浮かべた。ベッドの脇のサイドテーブルを奏の正面に移動させて、そこにカメラを設置する。それから隣の和室に行き、自分のメイクポーチを持って戻ってきた。

ポーチから数本のブラシを取り出し、自分の掌で穂先の感触を確かめてから、「これが一番気持ち良さそう」と、一本を選ぶ。そして奏の足下にやってきた。

「ゆ、夕美さん、メイクのブラシを足の裏に——なんて、駄目です。汚いですよ」

「平気よぉ、後で洗うから。それに、お風呂に入ってきたばかりなんだから、そんなに汚くないわよ」

夕美が奏の足首をつかんで、足の裏の窪みにブラシを滑らせる。

軽く触れるだけのフェザータッチに、媚電流がふくらはぎから太腿へ駆け上り、奏はたまらず膝を震わせた。「ひっ……くぅぅ……！」

奏が土踏まずの性感に目覚めたのは、中学生のときの修学旅行の夜だった。同室の女の子たちとふざけてくすぐり合っているうちに、愉悦を感じている自分に気づいたのである。

「アアーッ、ほんとにダメっ、くすぐったくて我慢できない……で、出ちゃうわ！」

夕美のブラシが、奏の左右の足の裏を交互に責め立てた。ムズムズするような快美感に下半身が痺れ、堪えが利かなくなる。祐助の指にGスポットを擦られるたび、尿意にも似たアクメの予兆がどんどん高まっていった。

「どうぞ、出しちゃってください。奏さんの恥ずかしいお漏らしを、皆さんに見てもらいましょうよ。さあ、イッて、イッて！」

カメラの前から逃がさないとばかりに、陰核をしごいていた方の祐助の手が、奏のウエストを抱き締めた。後ろからの力強い抱擁に、奏は胸のときめきが止まらない。ただのハグではなく、これが拘束だとしても、なおさら官能は高ぶる。

（ああっ、祐助、好き、好きぃ！　死ぬほど恥ずかしいけど、祐助がそうしろって言うなら……！）

じっとりと汗の滲んだ背中を、祐助の舌が何度も舐め上げた。それもまたくすぐったく、気持ちぃい。自分の身体が秒読み状態に入ったのを、奏は悟る。

「あはぁ、ううーっ、イッちゃう、出ちゃウウゥ……い、いひぃ、く、くっ！　イクイクイク、う、うっ……イグゥーーッ!!」

大波の如きアクメに呑み込まれ、祐助に背中を預けるように仰け反った。

絶頂感と尿意が解放され、女の潮が小さな穴からピュピューッと噴き出す。

これまでで一番大きな歓声が上がり、続けてギャラリーから拍手が湧き起こった。

（あぁ……私がお漏らししたところ、みんなに見られたのね……）

羞恥心に女体が火照り、オルガスムスの感覚をさらに甘美に味付けしてくれた。

ただの指マンでは到底得られぬ幸福感——それを与えてくれた祐助への愛情が熱く燃え上がるのだった。

5

祐助は奏の背中に頰をくっつけ、オルガスムスの戦慄きを肌で感じ取る。耳を当てれば、早鐘を打つ心臓の鼓動音も聞こえてくる。

火照った女体は甘酸っぱい柑橘系の匂いをムンムンと漂わせ、風呂上がりの石鹼の香りを塗り替えようとしていた。

(……さて、どうしよう。床の絨毯に、奏さんの潮が撒き散らされただろうから、いったん拭いた方がいいかな)

などと考えるが、しかし、そんな暇はなかった。

潮吹きアクメの痙攣が止んだ直後、奏は祐助の膝の上で身をひるがえし、首元に両腕を巻きつけて祐助を押し倒した。そして情熱的に唇を重ねてくる。

祐助の口内で、奏の舌が狂ったように蠢きまくり、彼女の生ぬるく甘い唾液がトロトロと流れ込んできた。祐助は気圧されながらも、喉を鳴らして飲み込んでいく。

ようやく唇を離した奏が、悩ましげに吐息を乱して言った。

「ちょうだい、祐助のオチ×ポ、オチ×ポぉ……!」

身を擦り寄せて甘える奏。腰をくねらせ、なめらかな腹部をペニスに擦りつけてくる。巨大な二つの柔肉が、祐助の胸板にムニュッと押し潰れて、なんとも心地良い感触だった。

そして祐助の頬にキスの雨を降らせてくる。鼻の頭までペロペロと舐められた。それはまるで、主人に構ってほしくて一生懸命に甘えているペットのよう。彼女への愛おしさが膨れ上がり、祐助はよりいっそう肉棒を盛らせる。

潰れた乳肉に手を潜り込ませ、奏の急所の一つ、パフィーニップルの乳輪ごと乳首をギュッとつまみ、

「じゃあ、入れてほしい体位になってください」

「はうぅんっ！　わ、わかったわっ」

奏はいそいそとダブルベッドの中央に移動し、親愛の情を示す動物の如く、仰向けに寝っ転がった。コンパスもぽっくりとM字に広げ、正常位の準備万端を整える。

秘裂の中は愛液と潮でしとどに潤い、花弁は充血してぽってりと厚みを増していた。

祐助は淫らな牝花に誘われて顔を近づけ、熱気と共に立ち上る恥臭を胸一杯に吸い込む。風呂でしっかりと洗ったのだろうが、新たな磯の香りが鼻腔に流れ込んできた。牡の官能を高ぶらせる奏のフェロモンだ。

セキレイの尾のように上下に跳ねるペニスを握り、祐助はベッドに腰を落として、いきなり膣穴に入り込んでいく。奏の強烈な膣圧に亀頭が揉み潰された。

「お、おうっ……くっ」

熱烈な肉の歓迎を受け、早くもカウパー腺液をちびるが、祐助は大きく息を吸い込んでピストンを開始した。まずは奥の膣肉までほぐすように緩やかに抽送し、そろそろかと判断するや、力強く腰を振って膣底を抉る。

「ほうぅ、い、いいわっ……今日は、いろんな人に見られて興奮するたび、祐助のオチ×ポが欲しいって、何度も思ったの！　やっと、ああっ……奥っ、んぐぅ、オマ×コの奥、突いて、こねて、グチャグチャにしてぇ！」

祐助は膣路を引き伸ばす勢いで、巨砲を根元まで挿入し、腰を左右にくねらせた。恥骨でクリトリスを、亀頭でポルチオ肉を圧迫し、女の急所を二つ同時にグリグリとこね回す。そしてまた猛ピストンを見舞った。

「あぁあ、凄いわ、凄くいい、ひいぃ……そ、そっ！　おほぉ、祐助のオチ×ポ、好きぃい、ん、んぅ！」

恥知らずな嬌声を上げ、ブリッジの如く背中を反らせる奏。巨大な二つの肉峰が、彼女の顎に当たるほどの揺れ幅でタプンタプンと躍っている。

「はっ、はっ、僕も、奏さんの……ギュウギュウ締まるオマ×コ、大好きですよ！　ふうっ、ん、んっ、くっ！」

強力な膣圧によって竿は膣口にくびられ、激しい摩擦で雁エラがめくれそうになるほど——。連日のセックスで祐助の肉棒も鍛えられているが、この極上の嵌め心地に慣れるのはまだ先のようだ。

ただ、女体の責め方も上達している。特に奏を昇天させるコツはだいぶつかんできた。彼女の好きな腰の動かし方、ペニスの角度、力加減など、大学での勉強よりも遙かに熱心に学習し、もう祐助だけが呆気なく果ててしまうことはほとんどない。

「んふっ、祐助くん、本当にセックスが上手になったわねぇ。私が童貞を卒業させてあげてから、まだひと月ほどしか経っていないのに」

と、夕美がにこやかに言う。彼女は、祐助の股の後ろから、結合部を接写していた。パツパツに押し広げられた肉穴、そこへ出入りする巨根、飛び散る愛液や、弾む陰嚢などを映していたのだろう。

が、もう片方のベッドにノートパソコンとカメラを移し、今度は祐助たちの嵌め姿を横からのアングルで映すようにセットすると、彼女自身もこちらのベッドに上がってきた。

「さぁ、それじゃあ私も交ぜてちょうだい。ふふっ、管理人さん、失礼するわよぉ」

夕美は、横たわる奏をまたいで、祐助の目の前に立った。腰を前に突き出し、祐助の口元に陰部を押しつけてくる。

「祐助くんはクンニも凄く上手になったのよねぇ。ほらほらぁ、私のオマ×コも気持ち良くしてちょうだい」

「うむっ……は、はい」

祐助と奏の交歓を間近に見て、夕美も興奮したのだろう。割れ目からはみ出した肉のフリルはじっとりと湿っていて、夕美はそれを祐助の唇になすりつけてきた。まるでヨーグルトを電子レンジでチンしたみたいな甘酸っぱい熱気が、鼻腔を満たし、顔面を撫でていく。

祐助は大口を開けて、ぷっくりとした肉土手ごと頬張った。舌先で包皮にプッシュを繰り返せば、たちまち中身がムクムクと膨らむ。小指の先ほどの大きさになった肉豆がツルンと飛び出す。

レロッ、レロレロッ。「ちゅるっ、ちゅぷっ……んぢゅううっ！」

「おほおぅ、す、凄い吸いつき。クリトリスがちぎれちゃいそうだわぁ」

夕美は祐助の頭を両手でつかみ、悩ましげに腰を震わせた。

「もっと……くぅうん、祐助くん、もっと吸ってちょうだい。そ、そうっ、あぁぁ、嚙まれるのも好きよぉぉ」

「ああん、いやいや、祐助、私のことも忘れないでぇ！」

クンニに気を取られて、いつの間にかピストンが疎かになっていた。キュッキューッと、膣肉がすがりつくようにペニスを締めつけてくる。祐助は奏の腰を両手でがっちりとつかみ、改めて嵌め腰に気合いを入れた。

男の憧れの３Ｐだったが、祐助一人で大人の女二人を相手にするのは、思った以上に大変だった。だが、どちらもなおざりにはできない。幼馴染みにして愛しい彼女の奏も、男の初めてを奪ってくれた夕美も、祐助にとってはかけがえのない大切な女性なのだ。

「んひぃぃ、い、いっ……！　んぁぁ、イイわ、イッちゃう、あぁ、あぁっ、天井がグルグルしてる、イクイクッ、ほうーッ‼」

最初に達したのは奏だった。アクメを迎えた膣路は、例によって右に左にねじれるように収縮し、雑巾搾りの如く肉棒を締め上げてくる。

「うおぉ、チ×ポがっ……で、出ます、ウウッ‼」

初の３Ｐでいつも以上に興奮していたこともあり、祐助は、断末魔の膣圧にたまらず精を放った。

ただし、絶頂感に浸りながらも、夕美のクリトリスを舌で転がし続ける。奏の腰から手を放し、淫蜜を滴らせる肉壺に二本指を突っ込んで、猛然と抜き差しを施した。

「やぁん、待ってぇ、前戯でイカされちゃうなんて……くうぅ、ダメだわ、あぁあ、イックぅぅん！」

待てと言いながら、夕美は股間を、祐助の顔に押しつけ続けていた。危うく後ろに倒れてしまいそうなほど仰け反り、膝をガクガクと戦慄かせる。

だが、四十路の熟れ壺は、挿入なくして深い絶頂を得られなかったようだ。一瞬よろけそうになりつつも、夕美は、仰向けでぐったりしている奏に覆い被さり、女体を重ねる。そして大きな尻を突き上げ、バックからの抽送を求めてきた。

「祐助くぅん、今度は私にオチ×ポちょうだい。まだまだ、いけるでしょう？」

「ハア、ハア……も、もちろんです」

奏の膣穴からペニスを抜けば、牡と牝の粘液にまみれたそれはなおも鎌首をもたげ、威容を誇示していた。

今のが本日二度目の射精。奏との日々のセックスで鍛えられたイチモツは、未だ一ミリも萎える気配がない。夕美の媚裂の窪みに亀頭をあてがい、腰を押し出すと、竿の根元を指で支えるまでもなく、ズブズブッと肉棒は嵌まり込んでいった。

豊満な熟れ腰を鷲づかみにして、祐助は膣路を抉り始める。分厚い果肉の桃尻がいいクッションになって、ピストンはどんどん軽快に加速していった。祐助の腰がぶつかってタプタプと波打つ尻たぶが、なんとも扇情的である。

「あっ、んっ、んっ、いいわぁん……最近の祐助くん、すっかり管理人さん専用になっちゃってたから、私、とっても寂しかったのよ……ああっ、ひっ、子宮に響くぅ、やっぱりこのオチ×ポ最高だわぁ」

「……あはぁん、祐助ぇ、私もまだ欲しいわ。ちょうだい、オチ×ポおぉ」

やがて甘美なオルガスムスの世界から戻ってきた奏も、夕美の下で破廉恥に腰をくねらせ、再びの挿入をせがんできた。

こうなると祐助はペニスがもう一本欲しくなる。仕方がないので、上下に並ぶ二つの膣穴に、交互に挿入していった。およそ三十秒ごとに、抜いては差し、抜いては差しを繰り返した。

パワフルな締めつけを誇る奏と、どこまでも柔らかく吸いついてくる夕美。まるで異なる嵌め心地をいっぺんに味わえるのは、まさに3Pならではだ。

ただ、女たちにそのような恩恵はない。肉棒を抜かれている方は切なげに悶えるのみである。焦らしプレイとしては面白いかもしれないが、これでは女たちは性感の大波になかなか乗れないだろう。一方で、祐助だけがどんどん絶頂に近づいていった。

(下手したら、僕がどれだけ頑張っても、二人をイカせられないんじゃ……?)

焦《あせ》りを感じながら、懸命に考える。

そして、いったんピストンを止めた。「ああん」「いやぁ」と不満の声を上げる彼女らに、体位の変更を提案する。

まずは女二人に向かい合うように横臥してもらった。それから上になっている方の脚を持ち上げてもらう。下になっている方の太腿を祐助がまたいで、互いの股ぐらを交差させるように密着させ、肉棒を挿入する。いわゆる松葉崩しの体位だ。

改めて膣壺にピストンを施し、待たせている方の女の穴には、二本指を差し込んでグチョグチョと掻き回した。この体位なら、待機中の女に手を伸ばして愛撫することも難しくはない。

「ふっ、ふっ、んっ……こ、これで、どうですか?」

「うふぅん、いいわ、いいわぁ……オチ×ポの当たり方が変わったのも……あう、くうぅ、いつもと違うところが擦られて、とっても新鮮だわアァア」

「うっ、ンンーッ、ゆ、祐助ぇ、そんなに、そこ、引っ掻かないで……!　いや、いやっ、また恥ずかしいお汁をちびっちゃいそう、アアーンッ！」

性感が途切れなくなったので、二人は明らかに先ほどよりも乱れていった。

また、松葉崩しの体位で、女たちの両手もある程度フリーになると、まずは夕美が奏の乳輪をいじくりだす。

「んふっ、ぷっくりして可愛い乳輪ね。こういうのはどう？　感じちゃうかしら？」

「あううっ、夕美さん、ダメぇ、爪でカリカリしないでください……！」

負けじと奏も、夕美の褐色乳首をつまんだ。女たちの愛撫合戦が始まると、艶めかしい嬌声と共に肉壺がより躍動する。キュッキュッキュッキューッと収縮する。

（くうっ……た、たまらないっ）

二人の美女が淫らな悪戯をやって、やり返して——その姿はイチャイチャしているレズカップルのようでもあり、視覚的にも男の官能を煽った。彼女らの股ぐらを行ったり来たりする祐助は、次第に射精感が抑えられなくなる。

「イ、イキます、僕っ……うぅ、ウウウッ!!」

持ち上げた夕美の片脚にしがみつきながら嵌め腰にラストスパートをかけ、甘熟妻の肉壺の底で樹液を爆ぜさせた。

「はううぅ、出てるわ、いっぱい、オマ×コの一番奥で、祐助くんがビクンビクンしてっ……わ、私もイクッ、イクッ！　ううぅーンッ!!」

旅先の解放感からか、夕美はこれまでにない大声を上げ、汗の匂いとミルク臭に包まれた女体を激しく戦慄かせた。脂の乗った下腹部が波打ち、ペニスを子宮の奥まで引きずり込まんとするように膣壁がうねりまくる。

「おっ、おおっ……！」祐助は三発目とは思えぬほどの、まだまだ子種をたっぷり含んだ濃厚ザーメンを大量に注ぎ込んだ。

ただ、さすがに多少の疲労はあった。しかし休んでいる暇はない。汗だくで、肩で喘いで、それでもすぐに奏の元へ移動する。３Ｐに熱中するあまり、その存在をほとんど忘れていたノートパソコンから、『え、まだできるの!?』という声が聞こえてきた。三度の射精を経てなお屹立しているペニスに、驚きと賞賛の声が上がった。

「いきますよ、奏さんっ」

「あぁ、嬉しい！　来て、祐助っ」

最後は後背位で交わる。毎日セックスをするようになって、様々な体位を試したが、奏はバックから突かれるのが一番好きなのだそうだ。その理由を祐助が尋ねても、彼女ははっきりとは答えずにはぐらかしたが、今ならわかる気がする。

この体位だと、嵌めている間、彼女のアヌスが丸見えなのだ。

祐助は、アクメの余韻に浸っている夕美にお願いして、カメラを取ってもらう。腰を振り、女壺の中でペニスを暴れさせながら、その結合部をカメラで映した。いわば嵌め撮りである。

肉唇を押し広げて太マラが出たり入ったりする様、膣穴から掻き出されて飛び散る白濁の粘液。しかし、祐助が一番映したいのは——

「奏さん、今、お尻の穴が思いっ切り映っていますよ。キュッキュッて蠢いている綺麗なピンクの粘膜が、集まってくれた皆さんに見られてます。どんな気分ですか？」

「い、いやあぁ、ダメ、あぁっ、恥ずかしいに決まっているじゃない、バカぁ！」

奏の耳が真っ赤に染まった。イヤイヤと首を振り、背中をよじって身悶える。

すると夕美が意地悪っぽく目を細め、奏の顔のすぐ前にノートパソコンを移動させた。「ほーら、みんな管理人さんのオマ×コと肛門をじっと見ているわよぉ。うふふ、自分でシコシコしちゃっている人もいるわ。ズリネタにされて、どう？　嬉しい？」

今やウェブ会議の参加者のほとんどは、ビデオ通話の画面に見入りながらオナニーをしたり、隣にいるパートナーの性器を互いに撫で擦ったりしていた。

あのマゾ妻の若菜も、めくり上げたスカートの裾を口で咥え、パンティの脇から潜り込ませた指を忙しく動かしている。

「みんな、せーのでカメラのレンズに視線をちょうだい。せーのっ」

夕美の合図で、観客たちは自分のパソコンやタブレットのカメラに視線を向けた。

こちらのノートパソコンの画面では、三十名あまりの顔がいっせいに正面を向く。

まるで彼ら全員が、奏と目を合わせているようだった。

「あっ、あーっ、こ、こんな、恥ずかしすぎるぅ！　くうぅ、みんなに見られながら、イッちゃう、イッちゃうわ、イグーッ!!」

羞恥を悦びとする奏は、活きのいい魚の如く女尻を跳ね上げて頂点に達した。

だが、夕美に射精したばかりの祐助は、まだアクメには及ばない。ねじれを伴う絶頂中の膣圧に逆らって、ますますピストンを励ました。

「ヒイイッ、い、今、イッてるのにぃ。んおっ、おっ、奥がジンジン痺れて、子宮ぅ、溶けちゃいそうっ……んほぉお、気持ち良すぎて、頭おかしくなっちゃウゥ！」

「おかしくなっちゃえばいいですよ、奏さん、ほら、またイッちゃえ！　狂えっ！」

祐助はデジタルカメラを夕美に託すと、奏の胴に両腕を巻きつけ、プロレスのバックドロップの要領で持ち上げる。背面座位に近い体勢となる。だが、腰は多少浮かせた状態にし、ピストンをするためのスペースを作った。

そして、長めのストロークで肉棒を突き上げる。ペニスの挿入角度が変わり、膣路の天井部分にも抽送が強く当たるようになった。クリトリスの裏側にあるというGスポットを、張り詰めた亀頭がゴリッゴリッと削いでいく。

「んぎいぃ、そこ、ダメ、またイッちゃう、また出ちゃう！　ウグーッ！」

膣底のポルチオ悦に、Gスポットの快感も加わって、肉壺が痙攣を始める。おそらく本当にあと十秒かそこらで、奏は新たなアクメの荒波に呑み込まれるのだろう。

祐助も膣襞の下ろし金にペニスを擦られ、射精の秒読みに入った。ムンムンと潮の香りを放つ女体を強く抱き締め、彼女の内に燃え盛る情欲を感じながら呼びかける。

イクときは、こう言ってください、と。

「いいですね？　あ、あっ、イキます、僕――ううっ、オオォオッ!!」

四度目の射精は、さすがにザーメンの量も減っていた。最後の汁をよだれのように垂れ流し、それでも祐助は、血気盛んに腰を突き上げ続けた。

後を追うように、奏も今日一番の絶叫でオルガスムスを極める。

祐助からの命令を、健気《けなげ》に守って――

「イクッ、イグウゥ！　私がイクところ、みんな見てェ！　んっほおぉウゥッ!!」

折れんばかりに女体が仰け反り、淫水が弧を描いて噴き出した。

エピローグ

十二月になり、世間はクリスマスムードで賑《にぎ》わいだす。恋人たちにとって、一年で最も盛り上がる季節だ。祐助もご多分に漏れず、奏とラブラブの日々を送っていた。

その日も祐助は大学から帰ると、いつもの如く管理人室で奏の口奉仕を受け、そのまま情交へと雪崩れ込んだ。暖房の利いたリビングダイニングのソファーで、対面座位で一緒に昇り詰めた。

汗だくの熱い身体で抱き合っていると、乱れた吐息交じりに奏が言った。

「ふぅ……あ……ねぇ祐助、あの動画なんだけど、今日の昼過ぎに確認したら、とうとう十万再生越えていたわよ」

「へえ、本当ですか。どれどれ」

祐助は、ソファーの隅でくしゃくしゃになっていたパーカーのポケットからスマホを取り出し、動画サイトのアプリを開く。

奏の言う動画とは、十月に鬼怒川温泉へ行ったときのものである。ホテルに泊まった翌日、帰る道中に日光東照宮などを観光しながら撮影したのだ。その動画を動画サイトに投稿したのである。

動画の編集など初めてだった祐助は、完成させるのに三週間近くかかってしまった。動画サイトに投稿してからまだ一週間ほどしか経っていないが、その動画を開くと、確かに再生回数が〝十万〟となっている。

無名の素人の動画がこれほどの再生数となったのにはわけがある。日光東照宮の陽明門や五重塔、三猿や、左甚五郎《ひだりじんごろう》の眠り猫など、有名スポットを撮影しつつ、ことあるごとに奏の身体を撮《うつ》し込んだのだ。

もちろん奏は、例のセクシーすぎるニットワンピース姿である。顔は映らないようにしたが、適度に脂が乗りながらキュッと引き締まったヒップラインや、胸元の豊満な輪郭は、スマホの小さな画面で見てもわかるほどくっきりと浮き出ていた。

祐助は動画のコメント欄をチェックする。今日までに百件以上のコメントがついていて、中には英語のものもあった。どうやら海外の人も観ているようだ。

「新しいコメントがついてますけど……〝オッパイ、ヤバイ〟〝オッパイ、エロい〟……相変わらず、オッパイのことがほとんどですね。どうですか、十万回も自分の身体を見られた気分は？」

「それは……恥ずかしいに決まっているじゃない、バカ」

そう言いながらも、瞳を細めて好色そうに微笑む奏。ペニスを咥え込んだままの膣壺が、キュンキュンと嬉しそうに打ち震える。

コメントの中には、ズリネタにしたことを匂わせているものもいくつかあった。奏のことを露出狂の変態だと嘲《あざけ》るものもあった。祐助としては複雑な気分である。

鬼怒川温泉のホテルでリモート露出をしたとき——あのときの観客たちは、奏のことを決して馬鹿にしていなかった。きっと彼らも奏や若菜と似たような人種で、だから特殊な性癖に理解があるのだろう。

しかし、この動画を観て下品なコメントを残す者たちには、あのときの彼らのような、ある種の礼儀正しさは感じられなかった。

だが、当の奏は、そういうコメントにむしろ興奮していた。美貌を朱に染め、くねくねと身をよじって恥じらいながら、マゾの情念を燃え上がらせるのだ。

ねえ……と、甘ったるい媚声で奏が囁いてくる。「コメントを見てると、次の動画を期待している人が結構いるじゃない？　だから……またどこかの観光地に行って、こういうの撮影してみない？」

奏はどうやら、動画を使った露出プレイにすっかり嵌まってしまったようだ。

ああ、なんていやらしい人だろう。彼女の倒錯した性欲を、恥知らずな淫奔ぶりを見ると、悔しいが祐助も劣情の高ぶりを禁じ得ない。

「いいですね。じゃあ……今度は、混浴の温泉にでも行ってみますか？」

彼女がそれで幸せなら、彼氏として、これからも協力していこうと思った。そもそも奏をこんな女にしてしまったのは祐助なのだから。

「動画もいいですけど、このエロい乳輪を直に見てもらったらどうです？　湯治に来ているおじいさんも勃起しちゃうかもしれませんよ？」

祐助は二本の指でパフィーニップルをつまみ、プニプニと揉んだ。奏は「あ、あうんっ」と可愛い嬌声を漏らし、艶めかしく腰をくねらせる。

「そんな、知らないおじいちゃんたちにオッパイも、オマ×コも……お尻の穴まで見られちゃうなんて……ああっ、私、それだけでイッちゃうかもしれないわ……！」

露出狂の血を騒がせて、奏は腰を躍らせた。ペニスの抽送がまたしても始まる。

祐助は上下に跳ねる爆乳を鷲づかみにし、鮮やかなピンクの突起にしゃぶりついて、今一度、極上の締めつけと摩擦の悦に酔いしれるのだった——。


（了）

※本作品はフィクションです。作品内に登場する
団体、人物、地域等は実在のものとは関係ありません。

リモート人妻《ひとづま》の誘惑《ゆうわく》

〈書き下ろし長編官能小説〉

2022年2月14日初版第一刷発行

著者……………………………………………九坂久太郎

デザイン………………………………………小林厚二

発行人…………………………………………後藤明信

発行所……………………………………株式会社竹書房

〒102-0075　東京都千代田区三番町8-1
三番町東急ビル6F
email：info@takeshobo.co.jp

竹書房ホームページ　http://www.takeshobo.co.jp

印刷所………………………………中央精版印刷株式会社

■定価はカバーに表示してあります。

■落丁・乱丁があった場合は、furyo@takeshobo.co.jp までメールにて
お問い合わせください。